www.tredition.de

AF214856

Für Annilu und Klaus

Caterina Buse

Dem Glück so nah

© 2019 Caterina Buse

Verlag & Druck: tredition GmbH, Halenreie 40-44, 22359 Hamburg

ISBN
Paperback: 978-3-7497-7719-8
Hardcover: 978-3-7497-7969-7

Unser Haus

Im germanischen Sprachraum ist Haus ein Neutrum. In meiner von romansicher Kultur geprägten Vorstellung ist das Haus ein Femininum: so müsste ich mich einer Personifikation bedienen, wenn ich unser Haus beschreiben will.

Sie, „la vecchia casa in campagna", das alte Haus auf dem Lande, war für uns vierzig Jahre lang eine alte, sehr lebendige, reiche, charmante Frau, die mehrere Generationen in ihrem Schoß aufgenommen hat.

Ihre Front war bescheiden, sehr bescheiden auch für eine Bauerngegend: der Bürgersteig schmal. Schief, die Haustür in Karos aus Holz und Glas unterteilt, eine Wand mit wildwachsendem Efeu bedeckt. Diese Menge Efeu sollte, so wollte es der Hausherr, die schiefe Frontlinie des Hauses ausgleichen, aber das blieb wie ein Makel.

Der Hausherr, der das Bescheidene vor allem in den vordergründigen Aspekten bevorzugte, fand Gefallen an diesem Makel, denn eine bescheidene Hausfront hält Diebe zurück.

Der Flur, schmal und mit dunklem holzvertäfelten Wänden, wirkte nicht direkt einladend, eher bedrückend. Am Ende des Flures überraschte eine Marmorskulptur eines Frauenkopfes mit einer am Kinn hängenden Maske. Sicher eine gute Schülerarbeit, die aber die Wirkung einer gewissen Prätention nicht verfehlte. An den Wänden, links und rechts, standen Bücher der spanischen Literatur und Kunstbücher über verschiedene Epochen. Es ist hinter den Türen dieses dunklen Flures, dass sich das Schöne verbarg: ein Esszimmer mit einer kleinen Küche, das Wohnzimmer, der Wintergarten.

Das Esszimmer mit der Essbank aus schwerer Eiche war gemütlich und warm. Die Kissen weiß-blau, die Gardinen des Geschirrschrankes blau. Dies strahlende Blau sollte zu dem Tellerregal, das Horst mit einer unendlichen Geduld geschnitzt hatte, passen: dieses Regal mit Keramiktellern aus Italien, Spanien, Ungarn zog die Blicke jedes Besuches und unsere jeden Tag an. Es war ein Kunstwerk, in dem die Harmonie der Formen und Farben sofort gefiel.

Die Küche war zwar klein, aber großzügig eingerichtet. Und großzügig waren auch die meisten Gerichte, die dort vorbereitet wurden. Nicht großzügig, weil sie aus teuren Zutaten bestanden, sondern weil sie mit viel Hingabe, Sinnesfreude und vielen Gewürzen aus Süditalien gekocht wurden. Die Wahl der Gewürze kam aus den Erinnerungen meiner Jugend in Italien: manchmal konnte ich in die Erinnerungen soweit wachrufen, bis ich den richtigen Geschmack auf der Zunge hatte, und das Kochen ein Wetteifern mit den Erinnerungen wurde.

Das Wohnzimmer glich keinem Wohnzimmer aus einem Katalog, denn in dem großen Raum, der durch einen Balken und eine Stützsäule geteilt war, sammelten sich die geerbten Möbel der deutschen Familie, ein Klavier, ein riesiger Bücherschrank mit deutscher und französischer Literatur. Das war unser Reichtum. Nicht immer alphabetisch geordnet waren die Bücher, aber wir wussten sofort, wo wir einen Band finden konnten.

Oben in der Diele, in den Kinderzimmern und in meinem Arbeitsraum waren auch große Bücherregale mit Büchern aus dem Bereich der Medizin und der Psychologie. Das war unser Reichtum und unser Refugium, immer wieder, vor allem wenn die dunklen Stunden kamen und der Charme des Hauses nicht mehr ausreichte.

Der Wintergarten mit der großen Fenstertür hatte zwei Schätze: den blauen Bauernschrank und die Achatscheiben, die Horst gelötet hatte. Es waren Blüten, Schmetterlinge und Trauben aus den bunten Achatscheiben entstanden. Eine Explosion der Farben: die Achatscheiben filterten das Licht, von Milchweiß bis Dunkelorange, Siena, Bordeauxrot, Dunkelbraun. Man blieb stehen und verlor sich in diesem Kaleidoskop.

In der Zeit unserer „Ernte" bildeten andere Farben auf dem Tisch das lebendige Stillleben der Früchte: Kirschrot, Apfelgrün und das feine Violett der Pflaumen. In dem blauen Bauernschrank standen Schüsseln und Krüge aus Apulien: sandfarbene Keramik mit dunkelblauen Blumen und dem stolzen rotblauen Hahn. Wir liebten diesem Wintergarten.

Aus diesem Traumraum ging man in die Waschküche, wo disparate Nutzmöbel standen, alles treu nach dem Gesetz der Familie: man wirft nichts, aber auch gar nichts weg. So fanden unter anderem vier Bügeleisen, zwei schwere Fleischwölfe, drei Kaffeemaschinen und verschiedene Spritztüten für das Weihnachtsgebäck immer noch Platz.

Aus diesem Raum ging man auch n den Heizungsraum, wo nicht nur ein alter Ölkessel weiter funktionierte, sondern auch eine Werkzeugecke dem Hausherrn als Rauchversteck diente. Dort war er immer öfter, still und sicher, ungestört zu bleiben.

Das Haus war Ende des 19. Jahrhunderts gebaut worden: deswegen hatten alle Räume, außer Diele, Küche und Bad einen Holzboden. Teppichböden oder echte Teppiche dämpften nur wenig die Geräusche, ob sie von Menschen, von dem Wind oder vom Holz selbst verursacht worden waren. Die vertrautesten waren die Schritte: die federnden, forscheren des heranwachsenden Sohnes, die festen, schnellen der fröhlichen Tochter oder die schleppenden, unsicheren der Großmutter. Es hatte auch die kurzen, zögernden der ganz kleinen Kinder, die wir voll banger Entzückung aufnahmen.

Auf der schmalen Treppe mit den hohen Stufen spielten sich auch ganze Konzerte mit den verschiedenen Schritten ab: man hat schnell das Horchen gelernt, und das Waren und Erkennen.

Durch diese schmale, gewundene Holztreppe, wo es nicht ungefährlich war, kleine Kinder und alte Menschen allein zu lassen, gelangte man nach oben. In der großen Diele fand der Schreibtisch Platz, an dem Horst stundenlang saß und korrigierte: dieser Schreibtisch war so schwer, dass wir hin und wieder seine Position verändern mussten, um den alten Fußboden nicht zu sehr zu belasten. Unter einem hohen Fenster reihten sich die Lehrbücher für Deutsch und Französisch auf, später auch unzählige Videokassetten, meistens Trauerstücke, die ich von dem französischen Sender im Fernsehen aufgenommen hatte.

Die Kinder hatten ihr eigenes Schlafzimmer, nicht sehr geräumig, aber sie fanden Platz genug, nicht nur um am Schreibtisch zu sitzen: sie verbreiteten unzählige Legosteine auf dem Teppichboden und noch mehr Chaos.

Es gab auch einen wunderbaren Raum mit Tür zum Balkon: der Arbeitsraum war ganz für mich. Dort habe ich nicht nur gearbeitet. Der Blick nach draußen zeigte im Osten den Glockenturm der Franziskuskirche und sofort an der Südseite meiner Garage die Kuppel der Hainbuche. Dieser Baum, der sehr üppig in den Himmel ragte, war oft der Ansatzpunkt unserer pädagogischen Überlegung: die Hecke um den großen Garten war eine Hainbuchenhecke, die regelmäßig geschnitten wurde, nur ein einziger Ast wurde einmal aus Versehen nicht geschnitten und, absolut frei, fing er an prächtig zu wachsen. Der Baum als Mahnung...

Meine Tochter war schon sieben Jahre aus dem Hause, als ich eines Nachts das gemeinsame Schlafzimmer verließ und in ihr Zimmer zog.

Langsam veränderte ich das Zimmer: die Möbel wurden weiß, ein Wechselrahmen an der Wand zeigte achtzehn Kunstkarten mit der „Madonna col Bambino", der Madonna mit dem Kind, vom 13. Bis zum 16. Jahrhundert.

In der Fensternische hing ein Engel mit Laute. Meine Mutter hat mir gesagt, dass meine bei der Geburt verstorbene Tochter meine und Horsts Gesichtszüge trug. Meine Mutter hatte das Kind gesehen, ich nicht. So wollte ich glauben, dass es diesem Engel glich.

Sehr oft erwachte ich früh am Morgen in einem besonderen Zustand: es war jener Zustand, der den Zauber des Anfangs hatte. Die Seele, frei von den kleinen Sorgen des Alltags, hatte im Schlaf an reinen Quellen getankt und war noch wie trunken von lauter Schönheit und Liebe. Während meine Hände schon die Hausarbeit verrichteten, träumte die Seele aus. Dieser Zustand wiederholte sich im Laufe des Tages nie und kam auch nicht immer. Mein Leben im Zimmer meiner Tochter war meistens innig: ich zog mich abends früh zurück, zum Korrigieren, zum Lesen oder einfach zum Beten.

Der Raum war wie eine Nische geworden, wie eine Seitenkapelle im großen Dom.

Das große Schlafzimmer mit den schönen alten Möbeln der deutschen Familie blieb der Schlafraum für meinen Mann Horst, der spät ins Bett ging, nachts wieder aufstand und morgens länger schlief als ich. Länger schlief, ja, aber erst nachdem sein zweites Enkelkind, das Kindergartenalter erreicht hatte und den Opa nicht mehr brauchte. Horst war einen Tag nach seiner Pensionierung 1996 in seinen zweiten Dienst eingetreten. Er wurde Babysitter des ersten Enkelkindes und zwei Jahre später des zweiten. Jeden Morgen fuhr er um 6:30 nach Düsseldorf, pünktlich, selbstbewusst, hilfsbereit. Als 2006 das dritte Enkelkind geboren wurde, fuhren wir meistens zusammen, und nicht mehr täglich, nach Krefeld. Jedes Mal verließen wir das Haus mit einem Korb voller Esssachen, waren glücklich und ungeduldig an den 42 Verkehrsampeln, die uns aufhielten.

Am 21. September musste Horst zum Zahnarzt. Um 5 Uhr musste er ein Antibiotikum einnehmen. Als ich um 6 Uhr wach wurde, lief ich schnell zu ihm und war wegen der Verspätung schon beunruhigt. Schreck vor der absoluten Kälte des Todes, vor der absoluten Stille. Ab jetzt werden deine Fragen nicht mehr beantwortet, Caterina, du wirst auch nie mehr die Illusion behalten, er wird es eines Tages doch tun.

Endgültig. Was ist gültig für das Ende? Eben, dieses Schweigen im Raum. Er in diesem Raum. Er wurde weggetragen. Die Möbel durften auch nicht bleiben, sie mussten unbedingt den Raum verlassen. Ich verschenkte sie. Wochen später verschenkte ich viele andere Sachen, die im Haus waren: Bücher, Kleider, Wäsche, Geräte, alles was uns beiden gehörte und ich alleine im Überfluss gehabt hätte.

Warum Sachen behalten, die Horst nicht mehr brauchen konnte?

Müsste ich mich von dem schönen alten Haus auch trennen?

Nein, dies nicht, später, später.

Noch drängten sich die Gerüche und die Geräusche in meine Sinne. Sie waren in meinen Körper eingedrungen. Oh, der Geruch des frisch gemähten Grases, des frischen Brotes, der Peperonata, des Wildbratens, der Geruch der Kräuter aus dem Garten: Salbei, Thymian, Rosmarin, Dost, Lavendel, Basilikum, Pfefferminz. „Horst, hole bitte die Kräuter, viele, ich brauche viele für den Braten". Er ging und kam stolz mit ordentlichen Sträußchen zurück.

Er liebte seinen Garten, kannte jedes Unkraut, mähte das Gras um den Löwenzahn und die Gänseblümchen herum.

Die Nachbarn lächelten, unsicher, ob sie ihn wegen seiner extremen Sparsamkeit bemitleiden, ihn für seine Umsicht bewundern oder ganz einfach belächeln sollten, weil schließlich das Endprodukt der Gartenarchitektur nicht den üblichen Erwartungen der bürgerlichen Pflege entsprach. Man brauchte schon den zweiten Blick, um in diesem Garten Horsts Wesen zu entdecken. Er war, ja umsichtig – stehen lassen, abwarten anstatt abzuschneiden. Er baute sich Nischen aus Ästen und Laub. Er war vor allem zurückgezogen wie ein Einsiedler: der große Garten bot ihm mehrere Stellen, um sich zu verstecken. Wer ihn kannte und liebte, wusste, dass er die nächsten Mitmenschen nur ertrug, in dem Maße, wie sie ihm das Alleinsein erlaubten.

Er und ich, wir bewegten uns in zwei verschiedenen Bereichen des Hauses: ich drinnen, er draußen, um das Haus herum.

Wie konnte ich mich von diesem Haus entfernen, wenn noch die geliebten Geräusche meinen inneren Rhythmus bestimmten? Noch klang in den Räumen oben das Lachen und das Toben der Kinder und der Enkelkinder, noch hörte ich meinen Sohn die Möbel in seinem Zimmer umstellen, noch hörte ich die vielen verschiedenen Schritte auf der Holztreppe. Noch hörte ich Horsts Garagentor, seinen Wagen wegfahren und nach Hause kommen.

Nein, dieses Haus ist mein Lebensort, sagte ich mir Monate lang, Tag für Tag.

Unterschwellig spürte ich eine besondere Angst, konnte aber nicht verstehen, wie die Angst hieß.

Im Dunkeln konnte ich die Entfernung zwischen meinen Händen und den Gegenständen genau ermessen, sodass ich wie im Schlaf meine alltägliche Arbeit erledigte. Wollte ich nicht diese bekannte Bewegungssicherheit verlieren? Wollte ich das Haus behalten, weil Horsts Leben und die Kindheit der Kinder überall eingedrungen war? Bilder, Gerüche, Geräusche der Erinnerung schwollen zu sehr an, die vor kurzem vergangene Vergangenheit ersetze die Gegenwart. Das Leben bewegte sich nicht mehr in meinem Haus, ich schaute es mir nur wie durch einen Spiegel an. Das war der Name meiner Angst: „Das Leben verraten", indem ich es nur rückwärts lebte.

Das Haus fing auch an zu trauern, wie ich. Und das machte es wie die Materie es tut. Sie kam in Unordnung. Eine Glühbirne platze, dann folgte ein Kurzschluss, die Heizung blieb kalt, der Kessel brauchte immer mehr Öl, die Holzvertäfelung im Flur zersplittere an manchen Stellen.

Die dunklen Seiten des Hauses wurden Schatten, der Herbst und der Winter brachten immer weniger Sonnenlicht ins Haus, ich trug nur dunkelgraue oder schwarze Kleider, konnte aber nicht weinen. Immer früher abends verkroch ich mich ins Bett und zog die Decke über den Kopf.

Da kam ein Morgen, an dem die Seele wieder den Zauber eines Anfangs spürte: Ich muss dieses Haus verlassen, weil ich es zu sehr liebe, sagte ich mir. War das das „Loslassen"?

Am nächsten Tag beschloss ich umzuziehen. Zwei Monate später zog ich aus.

Sergios Hochzeit

Man könnte sagen, für die Brautleute gelte dasselbe, was Leopardi für das Neugeborene geschrieben hatte: Liebevolle Pflege, Streicheln und Wiegenlieder sollen das Kind trösten, dass es geboren wurde und den schwierigen Weg des „feindlichen Lebens" („La vita è male") gehen muss.

Für die Brautleute fängt auch ein schwieriger Weg an, eine ständige Prüfung der Geduld, des Mutes und der moralischen und physischen Kraft. Sie hätten auch das Recht, eingeführt zu werden, vorbereitet und getröstet von jenen, die vor ihnen schon den Weg gegangen sind.

Das könnte man sagen, um sich die Vorbereitungen für Sergios Hochzeit zu erklären.

Wer würde dem obigen Argument des „Trösten müssen" widersprechen? Nur die echten Idealisten, die in der Ehe-schließung zwei Herzen gleichzeitig schlagen sehen, zwei Seelen mit derselben Sehnsucht des Göttlichen, zwei Körper, die in gleicher Weise von einem unverständlichen und so gewünschten Nervenkitzel erschüttert werden.

Solchen Idealisten, die die Ehe als Ankunftspunkt ansehen und nicht als ein schreckliches Abenteuer, wofür man getröstet werden müsse, könnten wir jetzt sagen: Ja, wir bereiten das Fest vor, dieses Fest wird stattfinden und es wird strahlend schön sein.

Bacchus und Venus werden eingeladen, um die Anwesenden zu erfreuen und zu animieren.

Um sich vorzubereiten, wählen die Brautleute und die Verwandten verschiedene Aktionsfelder aus, wovon einige unantastbar bleiben: Die Wahl der Kirche, des Saales, der Bonbonnieren, die als Souvenir geschenkt werden, und jene des Kleides.

Wer einen erlesenen Geschmack hat, sucht auch die Musik der Orgel, die Predigt des Priesters und die Lesung aus.

Da aber das Wählen eine Willenstat ist - wie „sich entscheiden, re-
servieren, die Rechnungen bezahlen", soll man diese Aufgaben nicht in
der von den Neurologen bestimmten Skala des Stresses unterschätzen.

Im Fall von Sergios Hochzeit war eben dieser Akt der Entscheidung
der ernsteste und schwierigste, denn alle wollten von allen Angeboten
das Beste wählen.

Für das Kleid zog es die Braut vor, sich in die Schleier des zukünftigen
Kleides und des Schweigens zu hüllen, in dem sie der der verdutzten
Schwiegermutter mitteilte, dass es eine Überraschung sein solle. Der
Bräutigam dagegen, der wirklich eine Engelsmutter hat, Faktotum des
Möglichen und des Unmöglichen - wurde in ein Herrenmode Geschäft
begleitet, beraten und... beschenkt.

Ein belangloses Detail: Sergio wählte das coole Schwarz für den Anzug, das Hemd und den Schlips gegen das weiße Hemd des mütterlichen
Geschmacks.

Die Mutter des Bräutigams konzentriert ihre Aufmerksamkeit und
die der anderen auf ihr Kleid, denn sie war doch die MUTTER, die Frau,
die den großzügigsten Akt vollbrachte, einer anderen Frau die Sorge um
ihren geliebten und sehr schönen Zweitgeborenen anzuvertrauen.

Diejenigen, die es hören wollten und diejenigen, die es nicht hören
wollten, erfuhren, dass sie ein leichtes geblümtes Kleid in zarter rosa-
beiger Farbe und ein enges Jäckchen anziehen wolle, letzteres würde
dann ihre zarte Silhouette unterstreichen.

So war die Mutter des Bräutigams, zumindest mit ihrer Garderobe,
fertig. Auch Schuhe und Handtasche in der gleichen Farbe des Kleides
standen im Schrank.

Die Schwestern der Mutter hatten auch etwas Neues anzuziehen; sie
waren aber nicht wegen der Farbe beunruhigt, sondern wegen einiger
frisch erworbener Rundungen, die der Eleganz des Kleides schaden
konnten. Aber, wie gewohnt mutig, trauten sie sich die Konfrontation
mit dem Spiegel zu.

Die Festkleider der Gäste sollten auch eine Überraschung bleiben, so wie die Kleider der Schauspieler, die man erst beim Öffnen des Vorhangs sieht. Der Vorhang von Sergios Hochzeit sollte am 5. September 2003 geöffnet werden. Ein Datum, das zwei Epochen teilen würde: Die Zeit vor und die Zeit nach Sergios Hochzeit.

Die religiöse Vorbereitung zur Eheschließung wurde gemacht, aber wegen der Arbeit, der großen Hitze und der Einkäufe in Eile erledigt: Man sprach auch nicht viel davon.

Für die physische, erotisch-sexuelle Vorbereitung ist in diesem Bericht weder Platz, und es ist auch nicht die Intention des Verfassers, gewagte und indiskrete Annahmen zu machen.

Natürlich möchten einige neugierige Phantasien etwas darüber erfahren, auch wenn seit der sexuellen Befreiung Recherchen auf diesem Gebiet nicht mehr aktuell sind, und sogar eine nicht platonische Beziehung als selbstverständlich gelten kann. Und ... Amen.

Der Leser erwartet, dass man auf den Punkt kommt und wird ungeduldig. Ich möchte ihn daran erinnern, dass gerade wenn wenig passiert, sich viel in den Schichten des Unbewussten versteckt.

In unserem Fall geht es um den Kern von Sergios Familie, die dabei war, leichte Erschütterungen wie die, die man vor einem Erdbeben spürt, zu erfahren.

Die Eltern und die zwei Söhne lebten seit Jahrzehnten ganz eng in einem Mikrokosmos zusammen, eigentlich wie eine normale italienische Familie: Nur bei ihnen waren die Verhältnisse Mutter-Söhne, Söhne-Vater so verstärkt, dass im Zentrum des Mikrokosmos die Söhne standen, und die erschöpften Eltern auf einer Ellipse um sie herumliefen

Schon der Gedanke, dass einer der Söhne das übliche Gleichgewicht zerbrechen könne, destabilisierte alle: Der Bräutigam fühlte sich plötzlich für den anderen, nun vereinsamten Bruder, verantwortlich, der Vater versuchte vergeblich, alle Schwierigkeiten zu lösen und riskierte, alles zu bagatellisieren, und sie, die richtige Mutter, die dabei war, sich für das Erdbeben ihres Herzens vorzubereiten, beschäftigte sich mit hundert Sachen, anstatt ins Kloster zu gehen, um in der Klausur über den Sinn des Lebens im allgemein und vor allem über die Ehe zu meditieren.

Es eilt

Die Tage gingen schneller vorbei als man wollte. Man fing an zu sagen: Es eilt. Wir sind dem Datum nahe. Gerade in der Zeit, die so schnell läuft, müsste man sich konzentrieren, um dann den Schwung zum Spurt zu haben. Aber dann erscheinen zwei gegensätzliche Kräfte, die die Energie blockieren: Einerseits die Gedanken, die chaotisch von einem Problem zu anderen laufen, anderseits eine statische, lähmende Kraft: eine Mischung aus Hypotonie, nervöser Spannung und Angst vor der Veränderung des Mikrokosmos. Wie soll man eigentlich dieser Veränderung begegnen?

Es gäbe die Möglichkeit, die Veränderung als einen vitalen Fluss zu sehen und sich zu freuen, aber es gibt auch, wie in unserem Fall, die Angst, die Schwelle des eigenen Hauses zu überschreiten. Diese Angst bringt alle fast um und lässt sie als Verlierer zurück.

Vor dieser Angst sucht Sergios Mutter einen Ausweg: Sie widmet sich einigen Formen der Tradition, die in Bari dem Verlust der alten Werte widerstanden haben.

Zum Beispiel: Der Blumenstrauß der Braut: Er muss zum Kleid passen, wer sucht ihn aus? Wer bringt ihn der Braut? Die Schwiegermutter oder der Blumenhändler? Und, noch wichtiger, wer bezahlt ihn? Wenn die Schwiegermutter bezahlt, müsste sie auch ihn wählen, aber wie soll sie es machen, wenn sie, wie oben erwähnt, das Kleid noch nicht kennt? Sie müsste dann nur bezahlen, ohne den Strauß gesehen zu haben, wie eine Sponsorin und schließlich darauf verzichten, die Blumen zu überreichen, was symbolisch Wunsch, Annahme und Freude bedeutet.

Das Problem der verschiedenen Frisuren: „Décapages", Färbung oder nur Sonnenstich? Das Problem der Schuhe mit den hohen Absätzen, die plötzlich nicht mehr tragbar geworden sind, weil die Füße von der Hitze geschwollen und von dem Sand rau geworden sind.

Dann gibt es das Problem der Tischplätze: Wer sitzt mit wem und was macht ein „wer" wenn er mit dem falschen „wem" sitzt?

Sehr wichtig zu regeln ist auch das Problem der Autos. Für die Braut muss es das Beste sein, und das Beste im Moment ist der Mercedes von Onkel Enzo. Und wie soll dieser Onkel sich bewegen? Auf dem Fahrrad oder auf dem Dreirad des Enkelkindes Antonio? Onkel Enzo könnte auch zu Fuß gehen, um Zeit für seine Überlegungen zu haben oder zum Trainieren: Man müsste dann für die Zeremonie auf ihn warten, was nicht gut zu der deutschen, strengen Pünktlichkeit der Dominikaner passt.

Alles muss noch geregelt werden.

Schließlich

Alles ist vollendet, weil alles, wie immer, zur Vollendung gelangt.

Es ist ein strahlender Tag Ende Sommer; die Gäste, immer noch mit ihren Gedanken beschäftigt, lassen sich endlich von der Freude der Brautleute einfangen. Welches Gewicht hat heute noch die Wahl der Kleider und des Schmuckes angesichts des glücklichen Lächelns der Braut und der sanften und stolzen Blicke des Bräutigams?

In der Kirche und in dem Park der Villa, in der man feiert, sind sie die Gewinner. Sie sind Gewinner, weil sie sich von der Nostalgie des Lebens führen lassen, sie küssen sich, laufen, tanzen, während die anderen, die Älteren, über das Leben nachdenken, warum es für sie so war und es heute ist.

Es gibt eine junge Kraft, die wie ein Bach fließt und den Kies transportiert, und es gibt die geistige Kraft, die versucht aus dem Fluss Lete die Lebenserinnerungen zu retten, und die unermüdlich untersucht, warum es so wurde wie es war und nicht besser.

Diese Anstrengung ermüdet die älteren Gäste; die Jüngeren machen mit dem Brautpaar Spiele wie „Den Strauß der Braut werfen" und "Den Strumpfhalter der Braut ergreifen". Lachen und Tanzen bis spät in die Nacht.

Die Brautleute bleiben nur kurz stehen, um ihre Verwandten zu verabschieden und sind dann allein unter sich.

Sie werden in der Villa übernachten, oder nur die Nacht verbringen: Die Übernachtung ist ein Geschenk des Hauses für die Bestellung der erlesenen Speisen, an denen sich der Geschmacks- und der Geruchssinn erfreut hatten.

Wildwechsel

Irene steht gespannt vor der großen Glastür des Dorinthotels: Nur das 25jährige Jubiläum der Abiturientinnen der Jahrgangsstufe 1970 wartet auf sie, aber sie fühlt sich, als ob sie vor dem Jüngsten Gericht stünde.

Würde sie bestehen? Was hat sie vorzuzeigen? Nach dem Abitur hat sie Kunstgeschichte studiert, aber keine Zeit, sich in einen Beruf zu stürzen, weil sie sich Hals über Kopf in eine leidenschaftliche Beziehung gestürzt hatte: das erste Kind, dann die Heirat, das zweite Kind, später das dritte, ein großes Haus, die Karriere ihres Mannes. Viel, ja, aber ist es genug, um als Powerfrau zu bestehen? Und da, in der Halle, stehen bestimmt viele selbstbewusste, selbstbestimmte Frauen. Irene zieht an ihrer Kostümjacke, Größe 42, und tritt ein; ein Engel in Gestalt eines Kellners beschäftigt sie sofort mit einem Glas Sekt mit Orangensaft. Sie atmet tief ein und aus, beugt leicht die Knie, um sich zu erden (das hat sie bei einem Qigong-Workshop gelernt) und schaut sich um. Viele Gesichter erkennt sie sofort, nimmt die Namenliste aus der Tasche, um die passenden Namen zu finden: die Mädchennamen ihrer ehemaligen Mitschülerinnen stehen links, rechts Beruf und Adresse.

Eines stört ihren ästhetischen Sinn: bei vielen Gesichtern und Körpern bemerkt sie eine Art Verzerrung, als ob alles ein bisschen mehr geworden wäre: die Rundungen und die Ecken, die Weichheit der Lippen und die Rötungen der Wangen. Im Studium hat sie bei den Karikaturzeichnungen gelernt, alle Züge beladener darzustellen: das hat ihren Blick geschärft.

Aus der anderen Ecke des Saales winkt ihr eine große, elegante, sehr schöne 45jährige Frau zu: Hosenanzug, schlank, langes, braunes Haar. Eine Powerfrau, sagt sich Irene, und streicht sich eine Strähne hinters Ohr: eine lässige Geste in Verlegenheitsmomenten. Als aber so viel Power auf sie zustöckelt, erkennt Irene die Schulkameradin, die lange auch ihre Schulfreundin gewesen ist und ruft aus: "Alessia, oh Gott richtig, du bist es."

„Irene, wie geht es dir? Du siehst blendend aus! Sagenhaft, eine richtige Schönheit!"

„Danke, danke, etwas zu rund für eine Schönheit", erwidert Irene. „Komm, wir setzen uns etwas abseits, damit wir uns besser unterhalten können. Wie viele Jahre ist es her? 25 sollten es sein…"

Alessia steckt sich eine Zigarette an, trinkt schnell ihr Glas Sekt leer und dann: "Was machst du, Irene? Beruf, Kinder und oder Mann?"

„Kind und Mann, für den Beruf hat es nicht mehr gereicht. Ich habe drei wunderbare Töchter, zwei studieren schon; wenn meine jüngste Tochter nächstes Jahr Abitur macht, werde ich vielleicht eine Beschäftigung suchen. So lebe ich auch gut, ich bin ausgefüllt", lügt Irene ein bisschen. „Und du, Alessia, bist du glücklich?"

„Unregelmäßig."

„Sei nicht so enigmatisch. Partner?"

„Eben, nur unregelmäßig. Wenn er kommt, ist es das Paradies, wenn er geht, ist es öde."

Irene denkt, Alessia war früher schnell glücklich, aber auch schnell betrübt.

„Ich verstehe", nickt sie ernst.

„Du kannst es nicht verstehen. Weißt du, er ist verheiratet, hat eine unscheinbare Frau und aufmüpfige Kinder. Ich bin seine Oase."

„Oh, Alessia, du müsstest ein ständiges Hochgefühl haben. Gibt es bald eine Scheidung?"

„Es ist nicht leicht. Wir arbeiten an diesem Gedanken."

Dann schweigt Alessia für einige Minuten, steckt sich wieder eine Zigarette an, greift nach einem Glas Sekt und erzählt:

„Als er zum ersten Mal mit einer akuten Zahnfleisch-entzündung in der Praxis erschien, war ich wie vom Blitz getroffen, und er auch. Nach der Behandlung war sein Mund noch schief, und wir gaben uns den ersten Kuss." Wie unappetitlich, denkt Irene. „Dann hat es noch mehrere gegeben."

„Küsse?"

„Ja, und Behandlungen."

„Du arbeitest also als Zahnärztin?

„Ja, in Essen", fügte Alessia hinzu, "In einer Gemeinschaftspraxis. Hast du es nicht auf der Liste gesehen? Praxis Dr. Boering - Dr. Strahlen."

Das versetzt Irene einen Schlag: sie schluckt trocken, entschuldigt sich kurz, um die Toilette aufzusuchen. Zehn Minuten später sitzt sie im Auto und fährt los. Auf einem abgelegenen Parkplatz bleibt sie stehen.

Wann haben Roberts Fahrten wegen der Betriebsversammlung in Essen angefangen, fragt sich Irene. Vor zwei Jahren, ja richtig, er hatte sich immer ein paar frische Hemden geben lassen und war früh am Morgen weggefahren, nachdem er eine starke Aromawolke 'For Men' verbreitet hatte.

Wegen einer Zahngeschichte musste er einmal länger in Essen bleiben, und da die Zahnarztpraxis, eigentlich eine Gemeinschaftspraxis, ihm sehr gut gefiel, hatte er sich oft die Fahrt zugemutet, um die gute Behandlung zu haben.

„Was hast du an den Zähnen?" hatte einmal Irene gefragt.

„Eine bedrohliche Parodontose, du hast sie noch nicht mal bemerkt."

„Nein, ich habe sie nicht bemerkt, denn du sprichst nicht bei vollem Mund und oft auch nicht mit leerem."

„Na ja, es wird sich lange hinziehen", hatte Robert wehleidig wissen lassen.

„Musst du so lange wegfahren deswegen? Hör dich um, sogar in unserem Viertel gibt es sehr fortschrittliche Zahnärzte", war Irenes Rat gewesen.

„Mir geht es nicht um Fortschritt, sondern um Feinfühligkeit und Menschlichkeit."

„Ach was! Ja dann...". Und Irene verstummt.

Niemals hatte sie Verdacht geschöpft, er könne nicht die Wahrheit sagen. Er sagte schließlich auch die Wahrheit, aber nur die nachweisbare, halbe Wahrheit. Er war nur „in der Praxis" und nicht „bei der Zahnärztin", er hatte für „Freitag, 14 Uhr" einen Termin; dass der Termin sich bis 22 Uhr erstreckte, sagte er aber nicht.

Irene hatte einmal den Briefumschlag mit dem Honorar geöffnet und flüchtig die Namen der Gemeinschaftspraxis Dr. Boering - Dr. Strahlen gelesen. Erst jetzt, wo sie genau Bescheid wusste, tauchten aus ihrem Unterbewusstsein die flüchtig gelesenen Namen auf. Also, Robert hat seit zwei Jahren ein Verhältnis mit Alessia, ihrer besten Freundin von damals. Wie klein ist die Welt.

Wie verhält sich eine Frau in solchen Situationen? Dafür ist sie nicht vorbereitet: wohin mit allen ihren Illusionen von Sicherheit und wärmendem Familiennest? Langsam fällt ihr eine kurze Szene ein, in der Robert sich ihr gegenüber lässig und desinteressiert gezeigt hat. Auf die Frage, ob ihr Kostüm für das Abiturientinnen-Treffen richtig sei, hat er zerstreut geantwortet: „Was soll's? Du wirst nicht an einem Schönheitswettbewerb teilnehmen."

Sie hat ihn so oft zerstreut und gelangweilt gesehen, dass sie unbewusst richtig hyperaktiv geworden war; sie trug noch die Illusion in sich, dass viel Tun für Mann und Kinder im Gegenzug Liebe brachte. Es fällt ihr auch ein, dass er ihr lange nicht mehr direkt in die Augen gesehen und sie umarmt hatte.

Nun, jetzt weiß sie warum.

Irene will keine Tragödie daraus machen und sich durch ein vornehmes Schweigen vielleicht das Gespräch für immer verbauen. Sie wählt den direkten Weg, um ihre neue Rolle zu definieren und ruft Alessia einige Tage später an.

„Hallo Alessia, hier Irene."

„Hallo Irene, gut, dass du dich meldest. Ich hatte gar keinen Mut. Ich weiß jetzt, du bist Roberts Frau. Als du an dem Abend schnell weggefahren bist, habe ich deine Adresse auf der Liste gesucht und neben deinem Mädchennamen war auch...Ah, ich fühle mich so betrogen, Irene."

„Du?", staunt Irene.

„Ja, Robert hat nur schlecht von seiner Familie gesprochen, er war das Arbeitstier, das Opfer. Für ihn war seine Frau bieder, die Kinder belastend, und ich war, zufällig, das andere..."

„Das ist Schwarzweißmalerei, Alessia."

„So sah er seine Umgebung."

„Ein Opferheld also."

Alessia weint. Das überrascht Irene. Wie kann Alessia, die ihr so glatt erschienen war, weinen? Der genüssliche Zug ihres Mundes hatte an dem Abend so viel Zufriedenheit, gar ein körperliches Sattsein verraten... Weint sie jetzt aus Enttäuschung, aus Verlegenheit oder ist noch etwas anders? Irene will doch anknüpfen: „Alessia, wann siehst du Robert wieder?", fühlt sie vor.

„Es gibt kein Treffen mehr, Irene", schluchzt Alessia, „letzte Woche hat er mir gesagt: „In den kommenden Zeiten werde ich nicht nach Essen kommen, unser Betriebstreffen findet in Hannover statt. Für uns wird es schwierig."

Es ist schon Abend geworden, als Robert nach Hause kommt. Er knipst das Licht im Flur an und sagt: „Hallo, Liebling! Was machst du im Dunkeln? Ich fahre morgen nach Hannover. Betriebstreffen."

„Das weiß ich", murmelt Irene.

„Wie bitte?"

„Nichts. Hoffentlich findest du dort auch eine gute Zahnarztpraxis.

Missverständnis und Sehnsucht

Donata Capezzuto lebte in der Kleinstadt Matera in der Basilicata. Sie war gerade sechs Jahre alt, als ihre Eltern 1942 bei einem Bombenangriff in Foggia das Leben verloren.

Eine ältere Schwester ihres Vaters, die mit dem Besitzer eines Kurzwarengeschäftes in Matera verheiratet war, nahm sie zu sich. Die Capezzutos, Tante Rosa und Onkel Sabino, waren ständig mit Wohnung und Geschäft beschäftigt, sortierten lange und umständlich die vielen Kartons mit den Kurzwaren, handelten stundenlang mit den Kunden und räumten nach jedem Verkauf alles sorgfältig auf; für Donata blieb keine Zeit übrig.

In dem Zeitablauf der Capezzutos gab es bescheidene Mahlzeiten, eingeweichtes Brot mit Milch zum Frühstück, einen Teller Eintopf zu Mittag und Brot mit Tomaten zum Abendessen. Gesprochen wurde kaum, so wenig, dass Donata verstummt blieb wie sie gekommen war, ohne stumm geboren zu sein.

Die Jahre der Grundschule verliefen zufriedenstellend, besser als man von dem stillen Kind erwartet hätte. Lesen, schreiben und rechnen konnte sie: es genügte für das Geschäft. Donata blieb im Haushalt, nützlich für unendlich viele Dienstleistungen zwischen Wohnung und Geschäft. Keine geistige Anregung, die die Entwicklung Donatas gefordert hätte.

In dem trostlosen Ablauf des Alltags gab es zwei Unterbrechungen für sie: die Messe am Sonntag in der Begleitung von Tante Rosa und das schweigsame Spiel mit einer Stoffpuppe, die ihre Mutter genäht hatte. Donata holte sie abends aus einem Versteck unter der Matratze und machte ihr eine Wiege zwischen Kinn, Hals, Kopfkissen und einem Zipfel des Betttuches.

Ihr Körper aber entwickelte sich fast unmerklich zu einer plastischen Frauengestalt. Wenn sie sonntags die Piazza neben Tante Rosa überquerte, zog sie die Aufmerksamkeit der alten Männer auf sich, die aufgereiht auf den Bänken saßen. Sie hatten plötzlich lüsterne Blicke für die starken Hüften von Donata, kompakt und fleischig unter dem dünnen Baumwollkleid, die Rundung ihres Gesäßes, die Waden, die feste Brust.

Für die alten Männer der Zeit hatte Donata einen begehrenswerten Frauenkörper. Ihre Haare, schwarz und gewellt, die dichten Augenbrauen, die leuchtenden, dunklen Augen, die zu oft nach unten schauten, der kräftige Teint, alles war naturbelassen, und das gefiel besonders. Der Mund, ja dieser Mund, voll, rot, der sich in der Mitte über ihren Zähnen öffnete, hatte sogar die Aufmerksamkeit des Priesters bei der Verteilung der Kommunion für den Bruchteil einer Sekunde auf sich gezogen.

Aber die Studenten, die am Wochenende nach Matera zurückkehrten, amüsierten sich damit, die Schönheit von Donata zu kommentieren. Sie fanden, dass das Mädchen zwischen fünf und zehn Kilo abnehmen sollte; die Medizinstudenten meinten sogar, dass etwas Anämie oder eine leichte Erschöpfung Donata gut stehen würde. So wie sie war, hatte sie in allem etwas zu viel und wirkte eher gewöhnlich. Sie fanden auch, so viel Überfluss an Vitalität und solche Üppigkeit der Natur müssten mit Kosmetikartikeln irgendwie gebändigt werden.

Donata sprach mit keinem von diesen Männern, aber sie wirkte wie ein stiller Vulkan: beunruhigend. Onkel Sabino wurde ganz verrückt, wenn sie kniend den Steinboden der Küche mit Wasser und Seife schrubbte. Aber Donata verhielt sich geduldig, abwartend und blieb arbeitsam.

In dem Mikrokosmos der kleinen Stadt setzte Donata der Stagnation ihrer Umwelt nur ihre statische, plastische Schönheit, sonst gar nichts entgegen.

So hätte das Leben weitergehen können, wenn nicht ein innerer Mechanismus Natur und Menschen doch zur Entwicklung gezwungen hätte. In einer Zeit, in der sich offensichtlich nichts ereignete, bahnte sich langsam eine Veränderung an.

Auf derselben Piazza, die Donata mit Tante Rosa sonntags überquerte, sollte eine neue Apotheke geöffnet werden. Herr Capezzuto hatte erfahren, dass ein ehemaliger Kamerad, Incinti, nach 30 Jahren Leben in Norditalien mit seiner Frau und mit seinem Sohn Giovanni nach Matera zurückkehrte. Für diesen Sohn, der nach unzähligen Prüfungen Apotheker geworden war, wollte der stolze Vater die Apotheke eröffnen.

Die Gespräche in der Stadt liefen schneller als die Renovierungsarbeiten; man wollte schon, dass zu der Eröffnung Freunde und Bekannte sich an einem Umtrunk erfreuen sollten.

Tante Rosa wurde ganz ungeduldig. Eines Abends im Bett platzte es aus ihr heraus: "Sabino, dieser Sohn Giovanni wäre eine gute Partie für unsere Donata."

„Aber Rosa, das ist ein Apotheker!"

„Und Donata stellt auch etwas dar, das weißt du auch."

„Schlafe, Rosa, schlafe!"

Tante Rosa hatte richtig geahnt und gedacht; sie hatte sogar Donata auch kurz vorbereitet: "Wir werden zur Eröffnung der Apotheke gehen. Schaue nicht immer nach unten, du Dummkopf!" Und in einem Anflug von weiblichem Beistand hatte sie dann hinzugefügt: "Weißt du, dass du gefallen kannst, Donata?"

Für Donata war die Stunde ihres Lebens gekommen. Sie fühlte sich plötzlich in eine gesellschaftliche Stellung erhoben, der Mann, der ihr Mann werden sollte, war angesehen, sie musste nicht mehr Tante und Onkel dienen, sie würde nur ihr Haus pflegen; die Schwiegereltern im zweiten Stock waren anständige, zurückhaltende Leute. Donata reihte alle Vorteile einer Ehe mit Giovanni auf ihrer Gedankenschnur auf.

Giovanni suchte auch Vorteile, aber auf einer ganz anderen Ebene. Er war Asthmatiker, und als solcher lebte er nicht im Gleichgewicht. Ein Asthmatiker denkt zu sehr an 'Luft holen', beim Einatmen übernimmt er sich, kann nicht genug ausatmen und die verbrauchte Luft hergeben. Ein Missverhältnis zwischen Ein- und Ausatmen. In der maskulinen Persönlichkeit von Giovanni spiegelte sich das Missverhältnis wieder. Er wollte beherrschen, aber er verdrängte seine Aufgeblasenheit: geriet er in einen Konflikt, oder war er mit einer Frau zusammen, blieb ihm die Luft weg. Er verlangte dann mehr als er geben konnte. Donata, mit ihrem Überfluss an Vitalität, hatte die Reize, die er suchte.

Drei Monate später wurde die Hochzeit nach allen Regeln gefeiert. Aber nicht nach allen Regeln vollzogen.

Als der Rhythmus der Liebe sich einstellen sollte, war die Polarität 'Nehmen und Geben' nicht im Gleichgewicht. Er wollte immer mehr Reize bekommen, konnte aber keine geben. Wenn Donata abends neben ihm lag, zeigten sich die Wellen ihres prallen Körpers unter dem Betttuch.

Welche Verschwendung! Und er wurde immer reizloser.

Eine subtile Melancholie schlich sich ein, ohne ihr Bewusstsein zu erreichen.

Als die Schwiegereltern innerhalb von sechs Monaten starben, wurde das Haus noch stiller. Ihre zurückhaltende und liebe Art fehlte Donata, die bei ihnen mehr Wohlwollen erfahren hatte als bei den Pflegeeltern. Sie hatten ihr immer kleine Freuden gemacht. Wussten sie um Giovannis Schwäche?

Donata dachte viel an sie, während sie ihre kleine, leere Wohnung aufräumte. Zwei, drei Stunden am Tag verbrachte sie oben, machte überall sauber, sortierte Gegenstände und Kleider und fing an, in der besonderen Stille der verlassenen Zimmer, sich selbst zu suchen. Sie spürte, wie ein Keim eigenen Willens wuchs.

An einem Nachmittag schien alles fertig zu sein: der Steinboden war gewachst, die Möbel rochen nach Terpentin, die langen Gardinen hingen frisch gewaschen und wehten leise, Donata hatte sich auf den Boden gesetzt und dachte, alles sei fast einladend. Ja, einladend... warum nicht die Wohnung vermieten? Sie sprach leise vor sich hin: " Es gibt im Ort junge Lehrer, die eine Stelle in der Mittelschule für ein oder zwei Jahre bekommen. Ich würde die Wohnung saubermachen und das Abendessen anbieten. Das wäre ein anständiger Verdienst für mich, ich müsste nicht aus dem Haus und Giovanni wäre einverstanden.

Giovanni sagte weder ja noch nein. Donata ließ überall wissen, dass sie die Wohnung vermieten wollten.

Kurz vor dem Schulanfang kam tatsächlich ein junger Lehrer in die Apotheke. Giovanni ließ ihn mit Donata nach oben gehen.

Für Fabrizio Ferrandini, der aus der neapolitanischen Sprachfakultät kam, war die Mittelstufe von Matera die erste Stelle. Er fühlte sich deswegen gedemütigt und unter seinem Niveau angestellt. Er hätte lieber in der Oberstufe unterrichtet. Er erledigte die Banalitäten der Miete sehr schnell: die Wohnung, der Preis, das Abendessen, die Bett- und Tischwäsche, es war ihm alles recht. Der Umzug am nächsten Tag wurde auch ganz schnell gemacht: er hatte nur einen Koffer und zwei Kisten Bücher.

Das Abendessen bereitete Donata vor, wie abgemacht. Sie brachte ein Tablett nach oben: eine leichte Suppe, eine dünne Scheibe Fleisch mit Salat, etwas Käse, gekochtes Obst.

Giovanni sagte nur einmal: "Warum bringst du ihm das Essen? Lass ihn herunterkommen". Aber der Gedanke eine Unterhaltung mit einem jungen Lehrer anzufangen war ihm nicht angenehm, und er wiederholte die Frage nicht.

Das Tablett ging weiterhin nach oben und nach unten. Die Redensarten der kurzen Unterhaltung wiederholten sich: Guten Abend, Herr

Ferrandini, guten Appetit. Danke, Frau Incinti, es war hervorragend, gute Nacht.

In den kurzen Augenblicken hatte Donata schon gesehen, wie lang die Hände von Fabrizio waren. „Die Hände eines Pianisten" hätte ihre Schwiegermutter gesagt. Das Lächeln in seinen grauen Augen war ihr nicht entgangen, genauso wenig wie seine schmalen, sensiblen Lippen und wie er bei dem leisen Klopfen an der Tür erschien, groß, gelenkig. Auch Fabrizio sah, wie die Taille von Donata immer schlanker wurde und dass sie die Haare seit einigen Tagen hochgesteckt trug. Als sie sich beim Weggehen umdrehte, fiel ihm ein rosiger Hals auf, trotzig und rührend, wie der eines Mädchens.

Dabei kam ihm der Gedanke, dass die Welt, in der Donata lebte, die Welt der Ordnung, der Ehe, des Geschäftes, die überschwängliche Schönheit ihres Körpers ermatten lassen würde.

Fabrizio, der mehr Zeit damit verbrachte, Literatur zu lesen als Klassenarbeiten zu korrigieren, hatte seit langem das Bedürfnis die zermürbende Langweile durch einen außergewöhnlichen Akt zu überwinden. Die existenzialistische Literatur verstärkte seinen Hass gegen die kleinbürgerliche Welt: die Wohnung, die Kleinstadt und die Mittelschule wurden für ihn Symbole der Mittelmäßigkeit, der Dummheit sogar. Er wollte alles „was man tut" und „was man sagt" hinter sich lassen. Donata erobern sollte für ihn die Neugierde befriedigen, ob sie, in der Ordnungswelt eingesperrt, auf seine Liebe reagierte und Vergnügen in verbotener Weise durch ihn erfuhr. Wenn die beschränkte Welt Donata befahl, was wahr und falsch ist, sollte er die authentische Donata hinter der Fassade kennenlernen: scheu in der Leidenschaft oder leidenschaftlich in ihrer Schüchternheit, abwartend oder gebieterisch, Donata, die Ergebene oder die Befehlende.

Fabrizio überraschte Donata an einem Nachmittag, als sie allein in seiner Wohnung saubermachte. Langsam, lange umarmte er Donata. An seinen Lippen bekam Donata das untrügliche Gefühl, irgendwo angekommen zu sein, wo es die Freude und die Liebe gibt, die einem zusteht. Fabrizio schaffte mit wenigen, gekonnten Gesten „l'heure exquise" und Donata vergaß sich in einem Feuerwerk von Farben. Als sie die Augen aufmachte und sich erhob, sammelte sie langsam alle ihre Nadeln und Kämmchen, die auf dem Schlafsofa von Fabrizio lagen. Er stand schon am Fenster und hatte ein amüsiertes Lächeln, das Donata wie ein Stich traf.

Sie eilte die Treppe herunter und hörte, wie die Kunden in der Apotheke Salben gegen Mückenstiche und Aspirin bestellten.

Das Schuljahr ging zu Ende. Fabrizio erfuhr, dass er eine neue Stelle antreten musste; deswegen sammelte er Ende Juni seine Bücher und verabschiedete sich von den Incintis. Ein kräftiger Handschlag für Giovanni und ein leichter Kuss für Donatas Fingerspitze. Er hatte wieder sein unwiderstehliches Siegerlächeln. Zurück lächeln? Nein, ihr war nicht danach zumute. Hatte sie die Stunden der Leidenschaft missverstanden? Sie konnte nicht wissen, welches Vorhaben Fabrizio dazu bewegt hatte, sie zu umarmen. Aber dass Fabrizio schnell seine Leidenschaftsprüfung absolviert hatte, das hatte sie gespürt. Sie, die nur die Männerblicke auf der Piazza und die Forderungen von Giovanni kannte, spürte jetzt, wie brennend die Enttäuschung ist, wenn man sich verliebt hat.

In jenem Sommer hielt die Hitze die Menschen wie gelähmt fest. Alles schien wieder im Stillstand zu sein. Abends auf dem Balkon saß Donata schweigsam und ermattet, während sie noch die Unruhe ihres Herzens spürte. Vor ihren geschlossenen Augen rasten die leuchtenden Farben der Leidenschaft vorbei und sie fühlte noch das kurze intensive Aufwallen ihrer Sinne nach, das sie in den wenigen Stunden mit Fabrizio erlebt hatte.

Jetzt keimte in ihr das Wissen, dass die Verführung von Fabrizio, genau so wenig wie das fordernde Begehren von Giovanni, ihre Sehnsucht nach Liebe stillen konnten.

Lindenblütentee

Jana, eine der besten Studentinnen der Fakultät für romanische Sprachen, hatte zuerst einmal genug davon, lange zu lernen und mit ihren Kommilitonen zu diskutieren. Genug auch vom Kritisieren der alten, verstaubten Regeln der Moral. Jana suchte jetzt einen Mann, einen Mann zum Lieben.

Kein Heiratsziel, keinen Plan hatte sie. Warum denn auch. Sie wollte eine Pause von ihrer Kopflastigkeit machen und sich dem Zufall anvertrauen.

Eine, wenn auch nicht klare, Vorstellung des Mannes hatte sie doch: modern sollte er sein, ganz im Kontrast zu dem alten Klischee des zur Karikatur gewordenen Machos.

Für Jana, die nicht nur intelligent war, sondern auch schön, wurde eine Begegnung so einfach, dass sie glaubte, sie sei im Film.

Bei einer Party traf sie den gesuchten Mann: er stand da, cool, groß, lässig. Er sprach leise, sehr leise; er sparte seine Stimme wie seine Bewegungen, als er ihr etwas zu trinken reichte. Als sie sich hinsetzte, kniete er gerne in ihrer Nähe. Ein sanfter Mann mit schüchternem Lächeln. Ein Prototyp des modernen Ideals.

Die Unterhaltung lief für Jana reibungslos, denn sie war unilateral. Er sprach von seiner Arbeit als Architekt, von seinen Lieblingslektüren, seinen Filmen, seiner Musik, seinem Motorrad. Sogar mit Pasta Kochen und mit Weinen kannte er sich aus. Jana musste ihm nur zustimmen. Dass sie auch gerne von sich gesprochen hätte, spielte im Moment keine Rolle. Sie sah nur, dass André von der feinen Art war, die sie gesucht hatte. Dass er auch einen guten Geschmack hatte, war auch klar, denn er sprach von schönen Sachen. Sein Sakko fiel locker über seine schmalen Hüften, und dann diese feinen Hände, die über die glatten Haaren strichen! Es gab noch eine rebellische Strähne, die sich nach vorne verlor. Jana verliebte sich in diese Erscheinung, restlos, kopflos, bedingungslos. Sie fragte sich nicht einmal, ob Andrés Augen die ihren suchten. Sie fühlte so was wie Liebe und sie glaubte, dass im Gegenzug auch André sie lieben musste.

Nach der Party fragte André ganz beiläufig: Sehen wir uns morgen?

- Ja, gerne.

- Um 20 Uhr in der Studententrattoria?

- Ja, flüsterte Jana.

Zum Abschied führte André seinen Finger über Janas Lippen, so zart und langsam wie eine erotische Andeutung für eine Traumnacht.

Vor der Trattoria trafen sie sich. André hatte ein neues lässiges Outfit, V-Shirt unter einem schwarzen Sakko, Jeans, einen undefinierbaren Schal mehrmals um seinem Hals gebunden, einen Helm unter dem Arm.

- Hi, Jana.

- Hi, André.

- Gehen wir rein?

- O.K.

- Pasta al pesto, per favore e vino rosso, bestellte André beinahe akzentfrei.

Sein Großvater war Italiener, er habe immer seine Ferien in der Toskana verbracht, informierte er Jana. Und er hörte nicht mehr auf, sie über seine Familie zu informieren: Großvater und Vater waren typische italienische Machotypen: die Frauen durften nicht außerhalb des Hauses arbeiten, geschweige denn reisen. Die Männer bestimmten alles, schrecklich.

Ja, schrecklich, nickte Jana.

Das Leben in diesen Familien mit der Männerherrschaft musste ein Horror gewesen sein. Die Fäden des Knäuels wurden weiter und weiter abgewickelt. Alles, was sie über das Patriarchat gehört, gelesen oder ansatzweise erlebt hatten, wurde analysiert, kommentiert, verurteilt und niedergewalzt.

Wie konnten jene Frauen es dulden? Waren alle dumm, ungebildet?

André schloss das Thema ab: Jana, diese Frauen sind maso, sie genossen die Erniedrigung in der Hierarchie der Beziehung. Sie ahnten nicht mal die Bedeutung der Gleichberechtigung in der Sexualität.

Jana dachte: Jetzt wird es ernst. Aber sie fügte neutral hinzu: ja, diese Frauen hatten keine Ahnung.

Nach der zweiten Flasche Wein fragte André plötzlich:

- Sag mal Jana, bist du wenigstens nicht mehr Jungfrau?

- Eh, doch, entschuldigte sie sich Jana fast.

- Wieso, noch?

- Mein früherer Freund war krank.

- Was für ein Pech! Erwiderte André.

- Wie meinst du das?

- Dass du noch Jungfrau bist.

- Stört dich das? Ich verstehe nicht.

- Stören ist nicht das richtige Wort. Die Sache als solche ist mir gleichgültig. Nur für mich ist es stressiger.

Jana wurde es kalt. Gleichgültig. Dieses Wort zog Assoziationen an: könnte es sein, dass er auch anderen Sachen gegenüber gleichgültig ist?

Diese Frage glich einer kleinen Wolke, die schnell vorüberzog.

- Kommst du mit zu mir? Meine Bude ist gemütlich, und schon nahm André Jana an die Hand.

Sie konnte weder ja noch nein sagen; sie war beunruhigt, aber niemals hätte sie sich unemanzipierter als André gezeigt.

André, der Sanfte, war ein ganz stiller Liebhaber. Lieder, Liebeswörter, Flüstern, Blicke, Umarmungen, wo ward ihr denn? Jana suchte sich in Gedanken als Ersatz Liebesszenen aus der Literatur.

André lief barfuß durch das große Zimmer mit einem Becher Lindenblütentee in der Hand; danach wollte er duschen.

Jana hatte sich vorsichtig auf den Rand des Bettes gelegt und wartete. Schon wieder schwebte die kleine Wolke der Assoziationen vor ihr: hatte ihre Großmutter nicht einmal gesagt, dass es ungünstig für die Liebe sei, wenn die Frau auf den Mann wartet? Der Mann soll auf sie warten und sie in der Fantasie begehren. Oh, Unsinn, es ist wohl egal, wer auf wen wartet, sagte sich Jana alle fünf Minuten.

Endlich erschien André, nackt, mit nassen Haaren. Er rieb sich noch trocknen.

- Jana, du kannst dich jetzt duschen, sagte er ganz beiläufig.

Das wurde gemacht und vieles andere auch, denn André hatte viele, viele Wünsche, die für sein Wohlergehen erfüllt werden sollten. Und für seine Liebesfähigkeit. Er lag halb am Kopfende angelehnt und stammelte: mach langsam, drehe dich um, massiere meine Füße, küsse mich hinter den Ohren.

Jana war geduldig, wusste nicht mehr wo und ob sie aufhören sollte.

In der Dämmerung, nach einem unendlich langen Versuch, vollbrachte er den Kraftakt, der nötig war. Jana war entjungfert, André, extrem gestresst, atmete schwer. Endlich schliefen beide ein.

Beim Aufwachen nach dem ersten Mal ist alles entscheidend: wie eine Beziehung laufen wird, sieht man schon am Morgen. Der Duft eines Lindenblütentees drang in Janas Nase, André lief wieder barfuß durch das Zimmer und trank seinen Lieblingstee aus seinem Lieblingsbecher.

Das tut mir gut, sagt er.

Aus dem Radio auf dem Nachttisch klang ein italienisches Lied: Veniva, veniva dal mare, parlava un'altra lingua, però sapeva amare.

Matrosen aus dem Mittelmeer füllten Janas Fantasie, Bilder von echten Machos begannen zu leben. Jana stellte sich vor, wie einer von ihnen sie trug und dreimal küsste: auf dem Mund, auf ihre Brust und auf ihre Knie, so dass sie sich ganz geliebt fühlen konnte. Dieses Bild wollte sie bei sich halten; deswegen sprach sie nicht mehr mit André; aus Angst beiläufige Wörter könnten das innere Bild zerstören. Sie stand auf, sie duschte nicht, sondern zog schnell ihre Jeans und ihre Bluse an und schlich sich leise aus der Tür, bevor André es merkte.

- Gut so, mein Softi, dachte sie auf der Treppe, eine Abschiedsszene wäre zu stressig für dich.

Die Traurigkeit hat viele Gesichter

Michele ist Gastarbeiter aus Kalabrien.

Concettina, seine Frau, spricht mit einem deutschen Bekannten:

„Michele hat sich seit seiner Ankunft in Deutschland sehr verändert. Vor 26 Jahren war er immer fröhlich, wie auf dem Foto auf dem Buffet, wo er den Kopf leicht nach hinten hält und stolz lächelt. Früher hat er so gerne gepfiffen, sogar Liebeslieder hat er gepfiffen. Jetzt kenne ich nur sein ernstes Gesicht, die tiefen Falten um den Mund und, was mir am meistens weh tut, er lacht nicht mehr.

Zuhause in Kalabrien lebten wir in einem Dorf, wo die Großfamilie, die Nachbarschaft und vor allem die Alten, das, was gut und was schlecht ist bestimmten. Das gab Halt. Michele kannte die Männer gut, die ihm Tag für Tag die Arbeit am Bau beibrachten, ganz einfach mit Worten und Taten. Das war die Tradition in dem Dorf. In den Arbeitspausen erzählten die Männer auch viel und Michele merkte, dass ihn dieses Zusammensein formte und unterstützte. Er war der Jüngling, der in der Gemeinschaft zum Mann wurde. Abends auf der Piazza oder in der Bar, beim Kartenspiel oder beim Familientreffen war Michele immer in der Gruppe, nie allein.

Einmal hier, er war gerade 31 Jahre alt, fand sich Michele überhaupt nicht zurecht, und nicht nur wegen des Klimas. Die vielen Hochhäuser in der dicht bewohnten Wohnsiedlung hatten und haben immer noch keinen Nachbarn für ihn. Während der langen Strecke zur Arbeit erlebt er nur überfüllte Verkehrsmittel und den ständigen Stadtstress. Abends kehrt er wie ein Gespenst nach Hause zurück: blass, staubig, mit leeren Augen.

Michele geht oft zum Arzt, weil er kränkelt; er leidet unter Rückenschmerzen, Neuralgien und Infekten. Er arbeitet mit seinen 57 Jahren noch schwer auf dem Bau, aber hin und wieder muss er fehlen, geht zum Arzt und bittet um Schmerzmittel.

Er trifft sich manchmal mit anderen in der Gaststätte, aber die Gespräche sind kurz, nur Brocken, wegen der schweren Sprache. Das ist überhaupt das Schlimmste. Das demütigt ihn, dass er nicht alles sagen kann. Das macht den Unterschied zu den anderen noch größer. Die deutsche Sprache hat für ihn mit Verwaltung zu tun, mit Ausländergesetzen, Aufenthaltserlaubnis, Arbeitsgenehmigung, aber alle diese Erlaubnisse und Genehmigungen hatten nie mit dem Herzen zu tun: sie gaben ihm nie das Gefühl dazuzugehören.

Die ganze Fröhlichkeit von Michele ist eingekapselt, seine schelmischen Augen sind stumpf. Und das liegt nicht am Alter.

Amina, seine Tochter, spricht mit ihrem deutschen Freund:

„Mein Vater ist ein echter südländischer Vater, eifersüchtig und großzügig mir und Mama gegenüber. Vor mir hat er sogar viel Respekt, weil ich gut in der Schule bin; darauf ist er stolz. Er möchte, dass ich das Abitur mache, ich aber möchte lieber eine Lehre in der Textilbranche machen. Das wird bald sein, nach der Klasse 10."

„Warum fühlt sich dein Vater hier nicht wohl?" fragt ihr Freund Georg.

„Oh, weißt du, Papa lebt hier provisorisch. Sein Traum ist immer die Rückkehr nach Italien gewesen; mit leeren Händen wäre er früher nicht zurückgegangen, aber jetzt mit 57 Jahren hat er etwas gespart. In drei Jahren möchte er mit der Rente in der Tasche und mit dem deutschen Auto endlich nach Hause und sich sein Traumhäuschen bauen.

Papa ahnt aber nicht, wie viele Probleme die Rückkehr mit sich bringt. Wir haben das im Unterricht besprochen: zuerst würde Papa, wie jeder, der zurückkehrt, stolz allen zeigen, was er an Lebensstandard erreicht hat, dann würde er alle Schwächen der Verwaltung in Italien kritisieren, die Post, die Geräusche auf der Straße, die Müllabfuhr, und dass der Strom oft ausfällt. Alles das ist in Süditalien schlechter als hier. Papa würde sich von seinen Landsleuten distanzieren, und seine Landsleute, die ihn zuerst beneidet hatten, würden ihn dann ignorieren. Das wäre schon ein Drama für Papa, sich zu Hause wie ein Fremder zu fühlen!

Und noch was: Er rechnet sich immer noch als Verdienst an, dass er uns zusammengehalten hat und glaubt, es wird immer so bleiben. Mein Bruder arbeitet schon und bleibt auch hier. Ich bin hier geboren und möchte auch nicht zurück. Schließlich wollen wir, du und ich, in ein paar Jahren zusammenziehen, nicht wahr? Oh Gott, Papa bekommt einen Herzinfarkt, wenn er das hört".

Eine unterbrochene Unterrichtsstunde

Der 19jährige Abiturient Andreas und ich sitzen in meinem Arbeitsraum und besprechen einen Auszug aus dem Roman „Genitrix" von Francois Mauriac mit dem Titel „Une mère abusive" (Eine dominante Mutter).

Andreas hat den französischen Text zwar vorbereitet, aber er tastet sich mühsam durch. Mit der Frage-Antwort-Methode gehen wir etappenweise in das Textverständnis hinein. Er sitzt mir gegenüber auf einem Schaukelstuhl, der einzige richtige Stuhl für seine langen Beine.

„In dem Text, resümiert Andreas, geht es um eine Mutter, die mit Freude einen Brief ihres Sohnes liest."

„Warum schreibt der Sohn seiner Mutter?" frage ich einfach.

„Er will ihr sagen, dass er mit seiner Frau nicht zufrieden ist."

„Wieso?"

„Sie passt nicht auf ihn auf, sie macht das Fenster auf, wenn er friert und solche Sachen. Er kränkelt oft."

„Muss er sich deswegen bei der Mutter beklagen?"

„Offensichtlich. Sie hat besser auf ihn aufgepasst."

„Das glaube ich. Denke an die Situation. Der junge Mann und seine Frau sind gerade..."

„...auf einer Hochzeitsreise", vervollständigt Andreas den Satz und lächelt.

„Der Brief gewinnt also ein besonders Gewicht, was meinst du?"

„Ja! Es ist schlimm, dass er nicht allein mit der Frau fertig wird." Wir lachen beide etwas komplizenhaft.

Ich gehe einen Schritt weiter: „Was will der Autor besonders betonen? Die Schwäche des Sohnes oder die dominante Mutter?"

„Die dominante Mutter, die immer für den Sohn gesorgt hat. Bei ihr darf er sich wohl fühlen. Er braucht sie."

„Richtig", ermutige ich ihn, „aber es ist noch nicht deutlich, ob das Verhalten dieser Mutter im Grunde gut oder schlecht für den jungen Mann ist."

Andreas neigt den Kopf langsam: „Die Mutter genießt, dass der Sohn sich über seine Frau beklagt. Mehr kann ich nicht sagen. Es ist schwer."

„Suche die Wörter 'Genitrix' und 'amour viscéral' in dem Vorwort des Textes". Aber Andreas scheint die Vokabel nicht genau zu kennen.

Im Zimmer wird es jetzt dämmerig; man kann kaum noch lesen.

„Die Genitrix, setze ich fort, ist die, die das Kind geboren hat, und für das Kind jene unbezwingbare Liebe (amour viscéral) empfindet; das Kind ist ihr eigenes Fleisch und Blut. Die Frau-Genitrix erlebt die Geburt schon als Trennung; die ersten Schritte, die ersten Abende aus dem Hause, die Heirat sind weitere Trennungen.

Meine Stimme wirkt etwas heiser und leise.

Langsam schalte ich die Tischlampe an. Ich sehe Andreas an: das verlegene Lächeln des unsicheren Schülers ist verschwunden. So ernst, mit einem verhaltenen Ärger, bekommt sein gut geschnittenes Gesicht jene Schönheit des jungen Mannes, der dabei ist, einen Schritt in die Reife zu machen.

Dann plötzlich: "So ist meine Mutter. Sie kann mich auch nicht loslassen."

„Wie meinst du?".

Sein Oberkörper beugt sich nach vorne und gerät in das beleuchtete Feld der Tischlampe. Er schaut mich nicht an, aber seine zusammengepressten Lippen verraten seine Spannung.

„Meine Mutter hat mich immer begleitet. Als ich endlich zu einer Party gehen durfte und mit dem Fahrrad 500 Meter fuhr, hat sie mich vor 12 Uhr abgeholt, das Fahrrad im Kofferraum verstaut, bloß, weil sie

Angst hatte. Meine Freunde standen am Zaun und grinsten. Es war schrecklich.

„Hast Du es ihr gesagt?" wage ich ganz vorsichtig.

„Nein, es war unmöglich. Sie ist immer so überzeugt."

„Was hast du gemacht?" frage ich etwas dumm.

„Ich konnte nichts machen. Ich musste mich immer gut benehmen. In der Grundschule fing es an. Ich war in der Grundschule, wo sie Lehrerin ist."

Andreas reibt seine Hände an den Oberschenkeln und setzt hinzu: „Als ich zwei Jahre alt war, hat meine Mutter eine kleine Tochter verloren. So hat sie sich ganz auf mich konzentriert. Es geht so weit, dass sie mir die Butterbrote macht."

„Aber, hör mal, so was müsste man regeln können." Ich suche noch nach überzeugenderen Worten.

„Du kannst ihr helfen", höre ich mich sagen.

„Ich?" Andreas schaukelt zurück, so dass sein Gesicht wieder im Schatten ist.

„Weißt du", nehme ich langsam wieder auf, „ein Kind loszulassen ist ein so schwerer Prozess, dass man ihn verdrängt, als ob bei sich selbst die Notwendigkeit nicht bestünde. Vielleicht merkt deine Mutter noch nicht, dass du dich verändert hast."

„So ist es", nickt Andreas.

„Bald wirst du aus dem Hause sein. Lass deine Mutter wissen, wie gerne du an zuhause denkst, aber wie sehr du auch die Freiheit genießt. Wenn du stärker wirst, wird sie es respektieren."

Mit diesem letzten Satz habe ich Glück.

„Haben Sie auch so was erlebt?" Fragt er mich auf einmal ganz unbefangen.

„Ja, Andreas, ich musste viel lernen."

Als er geht, weiß ich nicht, ob sein oder mein Händedruck für eine Sekunde länger anhält.

Die Welt erkennbar machen

Ursula und Günter Weiding hatten einen schönen Sommertag auf dem Land verbracht. Sie wollten die Hektik der Großstadt Düsseldorf mal verlassen, um sich in der Gegend Nettetals, woher sie beide stammten, auszuruhen.

Sie hatten es nicht eilig auf dem Rückweg, die Autobahn zu erreichen und fuhren noch durch die Städte und Dörfer, plaudernd, mit den heruntergelassenen Fenstern.

Gegen Mitternacht, gerade in einer dünn besiedelten Gegend, fing der Motor an zu stottern und starb schließlich ab. Einige Versuche, den Wagen wieder ans Fahren zu bekommen, blieben erfolglos; Günter wurde klar, dass er den ADAC anrufen musste. Die wenigen Häuser auf der Landstraße waren dunkel, und die Weidings hatten natürlich Hemmungen, Leute aus ihrer ersten Nachtruhe zu stören. Schließlich entschied sich Günter für ein bescheidenes Haus, das etwa 50 m von der Landstraße entfernt lag, und ging dahin mit dem komischen Gedanken, dass man eher bescheidene Leute wählt, wenn man um einen Gefallen bitten muss.

Ursula blieb im Auto sitzen und folgte gespannt den Schritten ihres Mannes, sah im Mondschein seine vertraute Gestalt an der Haustür, wie das Licht anging und er das Haus betrat. Schon nach wenigen Minuten konnte sie sich nicht vorstellen, wieso das einfache Telefonieren so lange dauern konnte: die dunkle, einsame Straße beunruhigte sie um so mehr. Im schwachen Licht des Armaturenbrettes las Ursula 0.30 Uhr.

Endlich kam Günter mit schnellen Schritten zurück, stieg sofort in den Wagen ein, blieb aber mit einem Fuß draußen, wie einer, der noch zurücklaufen will.

„Ja, Ursula", fing Günter außer Atem an, „der ADAC kommt gleich, ein Krankenwagen und die Polizei auch. Es ist Schreckliches passiert in dem Haus. An der Haustür schon kam mir ein übler Geruch entgegen, der Mann an der Tür, ein großer Mittvierziger im Unterhemd, war betrunken, so richtig blau, und redete wirr. Im Nebenraum lag eine hochschwangere Frau in den Wehen, die mitten in mit Blut befleckten Laken leise wimmerte. Ich wollte zu der Frau und zum Telefon, aber der Mann ließ mich nicht los und redete unaufhörlich:

„Da liegt meine Frau, das faule Stück. Jetzt spricht sie nicht mehr mit mir. Sie ist einfach beleidigt. Die Weiber, man soll sie bloß verstehen, einmal das, einmal jenes: das Geld, die Klamotten, das Kind. Was zu viel ist, ist zu viel. Geld, nee, das habe ich nicht. Lebe von der Sozialhilfe, ja, aber der Schnaps, den habe ich mir gut versteckt, hinten im Schuppen, das geht keinen etwas an, verdammt noch mal". „Da hat er", unterbrach sich Günter, „einen Stuhl durch das Zimmer geschleudert.

„Und das Kind? Habe ich gefragt".

„Ja, ich habe ihr das Kind gemacht und das Blümchenkleid gekauft. Soll sie sich bloß nicht beklagen. Und sie? Nix hat sie getan, nix für zwischen die Zähne gekocht. Sie hat sich hingelegt und gejammert. Muttergottes, heilige Anna, helft mir doch. Hugo komm, tu was, komm, lass mich nicht allein. Geh die Sanne holen, sie macht das schon. Komm Hugo, geh... Komm, geh, was sollte ich machen? Verrückt hat sie mich gemacht. Und das Gejammer...den ganzen Tag. Ich konnte sie nicht mehr hören und habe sie geschlagen, ja mit der Pulle da. Da habe ich mir noch eine Flasche geholt und die Glotze angemacht. Schöne Weiber gibt es, die einem Gutes antun, und ich habe nur meine Dicke in ihrem Schweiß und in der warmen Brühe im Bett. Eine Strafe ist das, wissen Sie...Stur ist sie auch. Jetzt spricht nicht mehr mit mir...“

Ich wagte mich nicht loszureißen; er wirkte so bedrohlich in seiner stupiden Trunkenheit. Aber ich musste es riskieren; die Frau hatte einen erschrockenen Ausdruck auf ihrem gelblich-violetten Gesicht, und ihr Wimmern war so erschreckend leise. Ich dachte, sie stirbt jetzt, wenn ich nicht den großmäuligen Klotz an die Seite schiebe. Langsam habe ich mich dem Tisch genähert, auf dem zwischen leeren Schnapsflaschen und halb leergegessenen Büchsen, Zigarettenschachteln und Pornoheften das schwarze, klebrige Telefon lag, wie ein Rettungsfloß.

So habe ich endlich anrufen können. In dem Haus ist die Hölle los, sag ich dir. Wird das Kind noch leben, was meinst Du? Ursula, sag doch was. Und er braucht auch Hilfe: für ihn ist die Welt nicht mehr erkennbar."

Günter hatte mit einem solchen Tempo gesprochen, wie jemand, der unter Schock ist.

Plötzlich sahen sie das Blaulicht des Krankenwagens und des Polizeiautos. Sie liefen beide zum Haus, Günter erklärte in wenigen Worten, was er gesehen und gehört hatte; ein Arzt untersuchte die Frau, gab ihr Sauerstoff, murmelte etwas von Blutungen und von Kaiserschnitt. Zu Ursula sagte er: „Vielleicht kriegen wir das noch hin."

Hugo, der betrunkene Hugo, stand da, hilflos, arglos und schluchzte: „Else, nicht weggehen." Dann ließ er sich ganz friedlich von der Polizei nach draußen führen.

Fünfzehn Minuten später kam auch der ADAC und schleppte das Auto mit den Weidings zu einer Tankstelle. Wie unwichtig war nun diese Autopanne neben dem schrecklichen Erlebnis geworden!

Nach den langen Reparaturarbeiten fuhren die Weidings nicht einfach nach Hause, denn Günter war der einzige, der mit Hugo an dem Abend gesprochen hatte.

So kamen die übermüdeten Weidings erst in der Morgen-dämmerung ins Krankenhaus: die Frau sei auf der Intensiv-station, das Baby im Brutkasten, sagte man ihnen. Jetzt waren die Weidings erleichtert.

Auf der Polizeistation musste Günter alles noch mal erzählen, konnte aber nur erfahren, dass der arme Hugo zuerst in der Ausnüchterungszelle bleiben musste.

Nach der aufregenden Nacht, endlich auf dem Rückweg, sagte Ursula, wie aus einem Alptraum erwacht: „Du, Günter, ich möchte diese Frau wiedersehen. Wie wird sie sich wieder zurechtfinden? Sie hat das nackte Elend erlebt".

„Du hast Recht, entschied Günter." Wir werden wieder dorthin fahren und nach der Frau und ihrem Kind schauen. Schließlich sind wir gar nicht unwichtig in ihrem Leben gewesen."

Angelina

Die Kinder ihres Bruders nannten das alte Fräulein „Zia Lina", Tante Lina, eine Abkürzung des Namens Angelina, und fanden sie absolut altmodisch, ganz anders altmodisch als die Großmutter und Großtanten der Familie.

Ihre Unterwäsche war handgenäht, mit Bändchen und Knöpfen, aus einem nicht schmeichelnden Perkal. Unterwäsche aus Baumwollbatist hatte sie für die obligatorische Aussteuer auch genäht, mit etwas Stickerei sogar, aber ohne femininen Luxus, und hatte sie tief in der untersten Schublade ihrer Kommode versteckt. Ihre Kleider, grau oder Schwarz, waren so genäht, dass sie ihren ungraziösen Körper niemals abzeichneten. Denn Angelina wusste sehr früh, dass sie nicht schön war. Außerdem hatte sie das Diktat der katholischen Erziehung, an der Grenze der Prüderie und der Bigotterie, zu einer diskreten Umhüllung ihres Körpers berechtigt.

Klein, mit schmalen Gliedern, hatte sie knochige, breite, ungleiche Hüften, was ihr ein leichtes Hinken verlieh. Die ohnehin sehr kleine Brust wurde von einem Leibchen flach gedrückt: niemals hatte sie so ein unseriöses Kleidungsstück wie einen Büstenhalter besessen. Es hatte eine Zeit gegeben, in der sie eine Bauchbinde mit Fischbeinen besaß, die sie von ihrer wohlhabenden Schwester Maria bekommen hatte; als aber ihre von Arthrose verkrümmten Finger die unzähligen Häkchen des Korsetts nicht mehr fassen konnten, ließ Angelina diesen Schönheitsartikel liegen.

Die Kinder sahen sie vor einem Tisch sitzen, auf dem unzählige Haarklammern lagen, ein dünner Kamm, aber kein Spiegel. Sie frisierte sich so, indem sie vorsichtig, sehr vorsichtig, ihr dünnes Haar nach vorne kämmte, um die hohe Stirn zu bedecken, und die seitlichen Haare nach hinten zu einem winzigen Knoten band. Sie war so kurzsichtig, dass ein Spiegel nur Sinn gehabt hätte, wenn sie sich bis auf zwei Zentimeter genährt hätte.

Das Interessanteste aber waren ihre Gebetsstunden. Jeden Tag saß sie morgens und am späten Nachmittag neben ihrem bescheidenen Bett, die Beine leicht auseinander, so dass der dünne Stoff des Kleides eine Vertiefung bildete, in der ihre Hände mit ihrem Gebetsbüchlein und ihrem Rosenkranz lagen. Das Gebetsbüchlein war vollgestopft mit Bildchen; Angelina ging zwar nicht so weit, dass sie einen Papagei für den Heiligen Geist gehalten hätte, aber die kitschigen, bunten Bilder belebten ihre Fantasie sehr: die schmalen, nackten Körper in den Flammen der Hölle, die blutenden Herzen der verschiedenen Marienbilder, das sanfte Gesicht eines blonden Christus. Danach folgten die Bilder der Heiligen, vor allem von Sankt Nicola aus Bari mit seinem braunen, orientalischen Gesicht und der Heiligen Rita mit dem Dorn der Christuskrone auf der Stirn.

Angelina sprach leise ihre Gebete auf, monoton. Manchmal weinte sie, und die Kinder sahen, wie ihr schon verlorener, kurzsichtiger Blick noch verschwommener wurde. Dann blieben sie stehen, wollten gut zu ihr sein, aber sie taten es nicht. Manchmal kramten sie in ihrer Tasche, aber ihre Neugier war schnell gestillt, denn mehr als ein sauberes Taschentuch, einen Fächer mit japanischen Motiven, einige Lire und einen Bleistift mit einer Blechverlängerung fanden sie nicht. Nur ein Geruch, wie der von trockenen Blumen, blieb ihnen noch lange in der Nase. Mehr wussten die Kinder nicht von ihr. Viele Jahre später, als sie große Schüler waren, erfuhren sie einiges über ihr Leben. Und es dauerte noch länger, bis sie aus den Fetzen der Erzählungen die tragischen Ereignisse von Angelinas Leben nachvollziehen konnten.

Sie war die älteste von neun Kindern, die nach dem Tod der Mutter mit dem Vater zurückblieben. Angelina war 19 Jahre alt; das jüngste Kind drei Monate. Drei Jahre später begann der erste Weltkrieg und für sie die Aufgabe, wofür jede Frau, auch wenn sie nur einen Teil davon erfüllte, wie eine Heldin gefeiert würde. Angelina opferte sich für ihre Geschwister mit einer totalen Hingabe, und sie erlebte die unendliche Tragik sechs Geschwister an Kinderkrankheiten sterben zu sehen. Deshalb wunderte sie sich später, wie sie, nach so viel Weinen, noch Augen haben konnte.

Unverheiratet, von ihrem Bruder und von ihrer reichen Schwester abhängig, blieb Angelina bis zu ihrem Tod die 'signorina', das Fräulein. Sie wollte nicht, dass man sie, sei es aus Respekt vor ihrem Alter, sei es aus Unwissenheit, 'signora' nannte.

Faszinierend war ihr Wissensdurst. Obwohl sie nur die Grundschule besucht hatte, kannte sie viele 'Canti' der Divina Commedia. Begeistert erzählte sie die Liebesgeschichte von Paolo und Francesca, die Dante in der Hölle so anrührte. Halblaut sang Angelina die Arien aus der Traviata, aus der Bohème und aus der Cavalleria rusticana, oder die Nostalgie-schlager der Auswanderer. Sie verzauberte die Kinder mit herrlichen Märchen der Volkstradition und verzauberte sich selbst, indem sie die Aufsätze der Kinder las.

Als sie 1981, im Alter von 89 Jahren starb, hatten die Kinder ihres Bruders und deren Kinder die Sicherheit, einen außergewöhnlichen Menschen verloren zu haben, einen Menschen, der das moderne Wort der Selbstverwirklichung nicht kannte und der entgegen dem Zeitgeist konsequent andere Werte verkörperte.

Goldhochzeit - Brief einer Enkelin an die Großmutter

Ist es möglich, Großmama, dass du 50 Jahre mit ein und demselben Mann verbracht hast? Mit ihm tagein, tagaus, ist es möglich? Das nennt man in deiner Sprache Treue, das weiß ich. Ich muss versuchen zu verstehen, was das ist.

Die Genetiker haben das Gen für die Zellalterung bei einem Fadenwurm gefunden und gehen davon aus, dass der Mensch über ein ähnlich funktionierendes Gen verfügt. Werden die Genetiker sich bald an das Gen für die Treue machen und uns allen endlich erklären, woran das bei dir und Großvater gelegen hat, und ob dieses Gen im Lauf der letzten Jahrzehnte mutiert ist?

Psychologen sind auch eifrig in der Erforschung der Fähigkeiten der Hirnareale. Es ist seit langer Zeit bekannt, dass im frontalen Kortex die Fähigkeit sitzt, in den Gesten der Mitmenschen die versteckten Gedanken zu erahnen. Neuerdings soll auch die tempoparietale Region des Hirns dafür zuständig sein, sogar Lügner zu erkennen. Ob sie, ich meine die Psychologen, auch Hirnareale für die Treue finden werden?

Im Gehirn sitzt auch die Fähigkeit für besonders starke Gotteserfahrungen; für die Treue müsste auch ein festes Plätzchen zu finden sein.

Morgen wird euer Foto in der Tageszeitung sein, und viele werden kurz sagen: Ach, die zwei sehen ähnlich aus. Im Laufe der Jahre habt ihr tatsächlich einen ähnlichen Ausdruck bekommen. Wen wundert es? Ihr habt dieselben Freuden und denselben Kummer empfunden.

Damals, vor 50 Jahren, hat der Pastor gesagt: Bis dass der Tod euch scheidet. Ist es möglich, so etwas vorauszusagen? Unvorstellbar für mich, Großmama. Bei mir könnte höchstens gesagt werden: bis die Unlust euch scheidet.

Ich bin jetzt bei meiner vierten Beziehung und glaube, dass sie bald nicht mehr freudebringend sein wird. Beim besten Willen, Omi, kann ich nicht bei ihm bleiben, denn ich habe keine Lust mehr auf ihn. Verstehst du das? Ist es möglich, dass du immer Lust auf Großvater gehabt hast? Sicher nicht. Also, warum bist du dann bei ihm geblieben? Ist es die Moral, die einen zwingt da zu bleiben, wo es nicht mehr viel zu freuen gibt? Das muss eine jahrelange Tortur sein, oder entgeht mir was? Hast du, habt ihr ein Programm, das in meinem seelischen PC nicht mehr installiert ist?

Ich versuche zu verstehen. Wenn ich das Wort Fidelitas oder Fides in Lateinwörterbuch nachschaue, finde ich lauter gute Sachen: nicht nur Treue in der Ehe, sondern auch Vertrauen, Verlässlichkeit, Ehrlichkeit. So was mag ich auch, aber das nur bei einem einzigen Mann suchen, finden oder verlieren, erscheint mir unmöglich.

Noch was, liebe Großmutter.

Heute sind wir alle von Wellness begeistert. Öle, Bäder, Massagen, Entspannung, alles was einem guttut. Zur Wellness gehört auch Sex, der bekanntlich ständig Abwechslung braucht. So wie in der Komik: das Lustige lebt kurz. Folgst du mir?

Zum Wohlfühlen benötigt man auch Kreativität. Da haben wir es mit Erneuerungen und Einfällen zu tun: Also, ein neuer Mann muss her, der mich immer andere Träume träumen lässt. Oder hat der Großvater in der Routine eures Alltags immer neue Einfälle? Ist es möglich, dass er dich als ältere Frau immer noch anschaut und auch deinen kranken Rücken liebt?

Oder gibt es etwas Anderes, was ich nicht weiß?

Wenn ich morgen zu eurem Fest komme, und du mir ins Ohr flüsterst: Ja, es gibt etwas Anderes... Ja, dann werde ich euch gratulieren.

Deine Enkelin Mana

Ein Sommer mit den Boisenbergs

Nach der Hektik unseres Umzuges im Frühsommer hatten wir uns bald daran gewöhnt, über den Zaun nach links zu schauen, um die Schönheit des Nachbargartens zu bewundern.

Bei uns war alles noch unfertig, und drüben blühten ganze Berge von Begonien, Lilien und Hortensien. Der Rasen war gleichmäßig gepflegt, von der Terrasse bis zur Hecke. Das sollte ein Beispiel für unseren Garten sein.

Zwei weißlackierte Liegestühle standen mit dem Rücken zur Terrasse dicht nebeneinander. Ein älteres Ehepaar erscheint jeden Tag gegen 10 Uhr; er unterstützte sie auf den Stufen der Terrasse und half ihr mit großer Behutsamkeit auf den Liegestuhl. Beide waren groß, schlank und trugen ihre Kleider mit einer selbstverständlichen Eleganz, die sicher nicht neuen Datums war: weiße Hosen, lässige, wollene Strickwesten, Halstücher und leichte Strohhüte. Obwohl die Liegestühle so dicht beieinanderstanden, drehte er sich nach links und schien so nah wie möglich mit ihr zu sprechen. Sie nickte nur und rauchte.

Unsere Versuche, über den Zaun zu grüßen, blieben erfolglos: wir erreichten sie einfach nicht, die Entfernung des Gartens, aber auch die Abgeschiedenheit ihrer Körper auf den Liegestühlen machte sie taub für unsere Stimmen. Oft saßen sie nach dem Mittagessen wieder da und blieben bis zum Abend.

„Worüber können sie sich unterhalten?", fragte mein Mann, „Sie erleben gar nichts mehr."

„Sie sprechen über das Leben von früher", erwiderte ich etwas verträumt. „Aber das kennen sie ja schon alles, da sie zusammen waren."

„Jeder hat andere Erinnerungen. Von einem Ereignis behält jeder seine Eindrücke zurück, sodass derselbe Kuss verschiedene Bilder im Gedächtnis der Liebenden hinterlässt", sagte ich wissend.

„Sie sitzen so nah, ihre Köpfe berühren sich sogar, als ob sie jungverliebt wären. Ist das noch möglich in dem Alter, Mama? Ich finde das peinlich", bemerkte unsere Tochter.

Ich warf noch einen nostalgischen Blick nach links, und dann hörte ich mich sagen: „Es ist so selbstverständlich, das Liebesleben mit der Jugend in Verbindung zu bringen, dass beim Älterwerden ein sich Ent-Lieben automatisch erscheint. Es gibt auch andere Liebesformen wie Zugehörigkeit, Zuwendung, Zärtlichkeit, geistiges Weiterkommen."

„Mama, du lebst in einer ganz anderen Welt."

Am Ende eines warmen Tages war die Abendstimmung besonders friedlich. Der Horizont verschwamm im Dunst, die Bäume des Nachbargartens verloren ihre Umrisse, aber die zwei weißen Liegestühle waren noch zu sehen. Da die Luft kühler geworden war, legte er fürsorglich eine Decke über ihre Beine und beugte sich zu ihr, als ob er ihr etwas Liebes zuflüstern würde. Eine Szene der Innigkeit: es war in der Dämmerung die Stunde der Sehnsucht, die einem plötzlich das Herz zusammenschnürt, und ich hatte die Ahnung, dass sie so lange zusammen sprachen, um ihre Seelen für später einzustimmen.

Streiften Engelsflügel oder der laue Wind plötzlich meinen Nacken? Unsere Sommertage vergingen in steter Gleichförmigkeit, verwoben mit dem friedlichen Gartenleben unserer Nachbarn.

Wochen später wollten wir gerade unsere Gartenstühle aufstellen, als uns auffiel, dass einer der Liegestühle bei den Boisenbergs unbesetzt war. Nur er saß da, ganz still. Wir blieben wie angewurzelt stehen: was war passiert, wo war sie? Krank? Kurz darauf stand er auf, ging langsam, stockend, den Blick nach unten, die Arme hilflos hängend. Er wirkte auf einmal sehr alt. Auch in den nächsten Tagen war er kurz alleine im Garten, streifte den Rhododendron, dann den leeren Sessel und ging wieder ins Haus.

Eine Woche später stand Herr Boisenberg vor dem Haus, im schwarzen Anzug, umgeben von wenigen Menschen, auch in Trauerkleidung. Die Hausangestellte, die wir schon mal auf der Terrasse gesehen hatten, stand abseits und hielt sich ein Taschentuch vor den Mund. Sie brach die Reserviertheit, die ihr von der Familie nahegelegt worden war, und sagte: „Frau Boisenberg ist lange krank gewesen, zum Schluss konnte sie nicht mehr sprechen, wir verständigten uns nur mit Blicken. Fein war sie, eine richtige Dame. Er hat sie keine Minute allein gelassen. So ein Mann! Jetzt wird er für einige Zeit in Paris bei seinem Sohn sein."

Da fiel mir ein Volvo mit der Nummer 75 auf dem Kennzeichen auf, in den Herr Boisenberg stieg.

Am Tisch blieben wir lieber ganz still, um nicht die Banalitäten nach einem Todesfall herunterzuleiern. Aber jeder dachte an Herrn Boisenberg und dass der Kummer stark an seinen Kräften zehren würde.

Unser Aufenthalt im Garten in den letzten Sommerwochen wurde nicht mehr ganz unbeschwert. Immer schauten wir nach links und vermissten das vertraute Bild. Die Natur hielt still, und in Ruhe bereitete sie sich auf das Welken und Verfallen vor.

War Herr Boisenberg auch zur Ruhe gezwungen worden, sammelte er in sich psychische Kräfte für eine Wandlung, oder saß er in einer Pariser Wohnung stumpf da?

Im September bewunderten wir einmal die Erfolge unserer Mühen mit dem Rasen und den Blumen, als Herr Boisenberg erschien. An den Liegestühlen zögerte er, dann setzte er sich hin und blieb zuerst unbeweglich, mit beiden Händen auf den Knien. Auf einmal drehte er sich nach links zu dem unbesetzten Liegestuhl, und wir errieten an seinen Kopf- und Handbewegungen, dass er sich unterhielt.

Falsche Wünsche

Annegret Boemmel, gerade 24 Jahre alt, seit einem Jahr mit einem Mechanikermeister aus dem väterlichen Betrieb verheiratet, hat ein einen Monat altes Baby. Sie sieht aber ziemlich unzufrieden aus, wie eine, die sich mit bescheidenen Umständen, weit unter ihrem Niveau, abgeben muss. Sie wohnt jetzt wieder in Bad Tölz, ihrer Heimatstadt, nachdem sie sechs Jahre lang ihr Glück in München versucht hat. Sie trägt wieder ihren Namen, den sie entsetzlich banal findet.

In München, wo sie alles Mittelmäßige und Biedere aus der Kleinstadt vergessen wollte, um in einer besseren, glänzenden Welt zu leben, ließ sie sich Grete Bloeme nennen. Das klang feiner, interessanter für eine zukünftige Künstlerin.

Als ihre Mutter starb, war sie gerade 14 Jahre alt. Sie musste mit den drei älteren Geschwistern den Haushalt in der Wohnung hinter der Werkstatt machen und die Schule besuchen. Beide Aufgaben erfüllte sie sehr ungern. Sie zeigte sich lieber in der Werkstatt, sicher, dass die Kunden ihr bewundernde Blicke zuwarfen.

Annegret war hübsch gewesen und sehr schlank, ihre braunen Augen hatten einen lebhaften Blick, den man zuerst für Intelligenz halten konnte und der gierig nach Bewunderung suchte. In der Schule liebte sie nur den Sport, weniger wegen der Bewegung als solcher als wegen der Gelegenheit, das schwarze, enganliegende Trikot anzuziehen. Die Mittlere Reife erreichte sie mit großer Mühe.

Danach bettelte sie bei ihrem Vater, einen Model-Kurs in München belegen zu dürfen, das einzig Richtige, das überhaupt ihre Schönheit hätte würdigen und fördern können. Mit ihrer Größe von 1,73m und ihren 55kg war sie schlank genug, die dunkelblonden Haare mit dem glänzenden Schimmer umrahmten lockig das zarte Gesicht. Schön war sie.

Aber die Arbeit als Model, die sie nach dem Kurs aufnahm, dauerte nur kurz: Ihr Gang auf dem Laufsteg wirkte nicht einnehmend: der

Schmollmund, die schmalen, ständig nach vorn gedrückten Hüften zogen keine Aufmerksamkeit auf sich. Eine Laune der Natur hatte ihr gute Körperformen verliehen, aber keine Anmut.

Sie versuchte es dann beim Film, sie bekam sogar eine Rolle, eine stumme jedoch, weil ihre Stimme ausdruckslos und schrecklich schleppend war. Die Atmosphäre in dem Schauspielerkreis faszinierte sie so sehr, dass sie bereit war, Demütigungen hinzunehmen, um nicht in der Mittelmäßigkeit zu leben.

Ein Schauspieler, genauso untalentiert, verliebte sich in die schöne Greta Bloeme und heiratete sie. Es war eine unglückliche Täuschung: Sie fühlte sich wie eine missverstandene Diva, und er erwartete jeden Abend verzauberte Stimmungen, in denen sich Filmszenen und Liebesspiele mischten. Nach vier Monaten waren sie getrennt.

Ein neuer Start in der Modelbranche wurde auch ein Misserfolg. Der Couturier des Hauses war zum Glück pädagogisch begabt und machte ihr klar, dass sie statt Ausdruck nur Posen und statt Disziplin nur unbegründete Ansprüche hatte.

So kehrte Greta ganz still nach Hause zurück.

Die Heirat ein Jahr später mit dem Mechanikermeister machte nur ihren Vater glücklich. Weder die Ehe noch die Geburt des Kindes konnten sie erfüllen. Heute träumt sie weiter von vornehmeren Tätigkeiten: sie spielt Tennis, sammelt Rockmusikplatten und hat vor, sich der Malerei zu widmen. Ganze Kästen mit Öl- und Aquarellfarben hat sie sich schon angeschafft.

Ein Ärgernis

An einem kalten, nebligen Novembertag stieg ich nach der sechsten Unterrichtsstunde in mein Auto. Müde wie ich war, dachte ich nur an das warme Essen zu Hause. Nichts wie weg. Anschnallen und Losfahren. Die sieben Kilometer meines Schulweges waren in knapp zehn Minuten gemacht. Noch brummte es in meinem Kopf: die Übungen der letzten Unterrichtsstunde hämmerten mir noch den ach so beliebten Rhythmus der französischen Sprache ein. An der Apotheke rechts verließ ich das Dorf: Pappeln, Wiesen, die kleine Brücke über der Niers, einige Bauernhöfe, alles in Nebel verschleiert.

Plötzlich hörte ich ein verdächtiges Geräusch, der Benzinstandanzeiger leuchtete, das Auto fuhr langsamer, stotternd. Ehe ich das Einfachste der Motorwelt verstand, blieb mein Auto abseits der Fahrbahn stehen. Kein verlassenes altes Auto, sondern mein Auto ohne Benzin.

Was macht Frau, gut zwei Kilometer von der nächsten Tankstelle entfernt? Sie ruft ihren Mann an. Keine Telefonkabine, aber direkt rechts ein Bauernhof. „Was für ein Glück", dachte ich, als ich sah, dass der Herr Bauer mit Frau in einem Mercedes gerade vom Hof fuhren. Ich hielt sie an und stürzte mich sprudelnd mit meiner Bitte auf sie: „Ich habe eine Panne. Kann ich bei Ihnen telefonieren?"

Der Herr fragte kurz und trocken zurück: „Sind Sie Deutsche?"

„Ja. Kann ich bitte anrufen?"

„Sind Sie Deutsche?", hörte ich ihn wieder. Der Mann hatte einen faden Blick, die Frau schaute in eine andere Richtung.

Dann sah ich mich, wie sie mich sahen: klein, dunkel, in dunklem Lodenmantel. Dieses Bild und die dazu gehörende Vorstellung erschienen mir unwichtig angesichts einer banalen Situation wie meiner. Mir, nicht ihm.

In einem Bruchteil einer Sekunde griff ich auf eine Überzeugungsmethode zurück: „Ah, Sie schauen auf meine Haare. Ich bin in Italien geboren, bin aber seit 30 Jahren Deutsche. Ich bin Lehrerin in Mülhausen, und zeigte auf den hundertjährigen Schulkomplex.

„Sie sind Lehrerin in der Liebfrauenschule? Gehen Sie ruhig rein, das Telefon liegt auf der Kommode. Es kostet bloß 30 Pfennige."

Ich ging hinein, telefonierte, legte 50 Pfennige auf die Kommode und wartete draußen auf meinen Mann.

Erst dann, in der kalten, feuchten Luft, spürte ich, dass mein Gesicht glühend heiß war, wie nach einer Ohrfeige. Ich schämte mich so sehr, nicht schnell genug reagiert zu haben. Waren der Hunger und die Müdigkeit so groß, dass ich den Bauern mit seinen Nationalitätssorgen nicht einfach stehen lassen konnte und zwei, drei Kilometer zu Fuß zu schaffen wagte?

Herr Kollege

So nannte der Oberstudienrat in dem Gymnasium der Großstadt seine Kollegen, auch diejenigen, die er seit 20 Jahren kannte. Damit vermied er den Familiennamen und eine nähere Kommunikation, vor allem ging er dem allgemein üblichen Duzen aus dem Weg.

Der Wesenskern seines Charakters war die Suche nach absoluter Sicherheit und Gewissheit; dieses Bedürfnis trat aus allen anderen Fähigkeiten hervor und prägte sein Zeichen auf alle Ausdrücke seiner Persönlichkeit.

Die naturwissenschaftlichen Fächer, die er unterrichtete, Mathematik, Physik und Chemie, erlaubten ihm, sich in einem einzigen Ausdrucksregister zu bewegen: sachlich, genau, knapp, unpersönlich.

Da ihm die große Begeisterung und die Risikobereitschaft für Recherchen in einem Labor fehlten, fühlte er sich in dem Raum der Schulklasse sicherer. Gegen das lebendige In-Frage-Stellen der Schüler bediente er sich seiner Funktion als Lehrer, die ihm gestattete, sich in einem bestimmten, objektiven Code auszudrücken. Peinlich vorbereitete Klassenarbeiten und Tests, sowie bohrende Fragen sicherten zwischen ihm und seinen Schülern ein Machtverhältnis.

Er zeigte keine Emotionen, stellte keine emotionsgeladenen Fragen, weil er nicht damit umgehen konnte.

Deswegen vermied er auch in der Klasse die direkte Rede mit den Pronomen 'Du' oder 'Sie' und wählte das 'Man': „Ich glaube, man hat die Hausaufgaben wieder nicht gemacht, nicht wahr Ralf?"

Schüler Ralf war irritiert.

Man kam nicht umhin, ihn für einen unerträglichen Langweiler zu halten. Nicht nur für seine Erscheinung mit dem stets zugeknöpften Doppelreiher, der den unsportlichen Körper des Fünfzigjährigen fest umschloss, auch sein nicht aus der Welt gerichteter Blick und die intonationsarme Sprache machten ihn unzugänglich. „Der Schüler XY hat drei betonfeste Fünfen. Keine Nachprüfung, es lässt sich nicht daran rütteln", sagte er monoton bei Konferenzen, und dabei reihte er alle seine Stifte in einem Halbkreis vor sich auf.

In seiner Zweizimmerwohnung behielt er eine überschaubare Ordnung. Kein Fernseher, kein Telefon störten sein Allein-Sein-Wollen. Sein Hobby waren die kleinen Fische in dem Aquarium: er verfolgte sie genüsslich, bis sie mit ihren Mäulchen an die Glaswand gerieten. Die seltenen alten Werke der Naturwissenschaft, Raritäten, die er mit regelrechtem Fanatismus aufspürte, vermittelten ihm die Sicherheit, einen indiskutablen Kulturwert zu besitzen, aber weit weg von jeglichem Fortschritt.

Mit diesem Mann, darüber war sich seine Umgebung weithin einig, hätte keine Frau leben können, ohne den Verstand zu verlieren oder sich mit anderen Männern einzulassen. Wenn er aber eine gut aussehende Frau, eine richtig hübsche Frau, wie seine junge Biologiekollegin, sah, empfand er eine eigenartige Sehnsucht, die er nicht benennen konnte oder mochte. Dann träumte er von einem festgebundenen Vogel: es war ein gefesselter, schwarzer Rabe.

Die Biologiekollegin erinnerte ihn an seine Mutter, eine gelernte Kindergärtnerin, die jünger war als sein Vater. Sie hätte ihm spielerisch die fließende Gefühlswelt beibringen können, aber sie respektierte den Karriereehrgeiz ihres Mannes so sehr, dass sie ihren Sohn der strengen Disziplin des Vaters überantwortete, und damit den Jungen „allein ließ". Schnell prägte sich ihm ein, dass Gefühle unzuverlässig sind. In den wenigen Frauenbeziehungen befürchtete der spätere Student und Lehrer ähnliche Erfahrungen. Er konnte ihre Gegenwart nie ganz genießen, weil er immerfort daran dachte, wann sie von ihm wieder weggehen würden. So blieb er unverheiratet.

Schreck in einer Bankfiliale

Der Vormittag in der kleinen Bankfiliale im Dorf war routinemäßig friedlich mit wenigen bekannten Kunden verlaufen.

Für die 42jährige Kassiererin Helga Winter sollte dafür der Frühnachmittag bei nebligem Novemberwetter eine Überraschung bereithalten, eine sehr unangenehme Überraschung, die sie bis heute noch nicht überwunden hat.

Sie hatte gerade eine Kundin bedient, eine lebhafte, gehbehinderte 75jährige Rentnerin aus der Nachbarschaft, und sie unterhielt sich noch ein Weilchen mit ihr, als sie in dem Türrahmen eine dunkle Gestalt wahrnahm, die mit schnellen, elastischen Schritten den kurzen Weg von der Tür bis zur Kasse zurücklegte, die Diskretionslinie überschritt, sich hinter die Kundin stellte und diese mit einem heftigen Stoß in die Seite auf den Boden warf. Das Plakat für ein Sondersparangebot fiel auch um. So lagen eine Werbung für mehr Sicherheit im Leben neben dem Opfer einer Lebensbedrohung zusammen.

Helga Winter, geschätzt für ihr diszipliniertes und selbstsicheres Auftreten, erlebte innerhalb von Sekunden, was sie sonst in Kriminalfilmen gesehen hatte: die erste Beunruhigung bei dem Anblick des Fremden, der sich den schwarzen Rollkragen bis zu seiner dunklen Brille hochgezogen hatte, und dann die nackte, blanke Angst, die folgte. Der Mann schob ihr einen Zettel zu, auf dem in Großbuchstaben stand: ICH SCHIESSE SOFORT, WENN SIE ALARM GEBEN. ALLES GELD IN DIESE TASCHE! Und er strecke ihr eine Aktentasche hin, nah an ihr Gesicht. Sie erstarrte vor Schreck, drehte sich hilfesuchend um, obwohl sie wusste, dass sie allein und ohne ihre Kollegen und Abteilungsverantwortlichen dastand; sie spürte den Druck an der Kehle, der sich bei ihr vor einem Asthmaanfall meldete, deswegen griff sie automatisch nach einer Sprühdose, die neben dem Computer stand. Die winzige Bewegung ihrer Hand deutete der Bankräuber ganz anders: aus Angst, sie könnte den Alarmknopf drücken, reagierte er blitzschnell und setzte ihr eine Pistole unter das Kinn. „Keene Dummheiten", schrie er mit einer rauen, aber jungen Stimme, wie später die Rentnerin berichtete, mit einer Stimme, die kein weiteres Zögern erlaubte.

Die Kassiererin handelte dann mechanisch: sie öffnete die Schubladen der Kasse und füllte die Aktentasche mit 10.000 €. Mehr war an jenem Morgen in der Kasse der kleinen Bankfiliale nicht zusammengekommen.

Währenddessen, auf dem Boden liegend, weinte die alte Dame vor Schmerzen und schrie: Hilfe! Hilfe!

Nicht mal zwei Minuten waren vergangen: der Mann ging den Weg rückwärts wieder elastisch und schnell zurück und verschwand in dem schwarzen R5, in dem sein Freund mit laufendem Motor gewartet hatte.

Weder die Kassiererin noch die Rentnerin konnten das Nummernschild des Autos lesen. Der nächste Kunde tat das Nötige; die Polizei fand Helga Winter in einem Schockzustand, sie stotterte und hielt beide Hände an ihrem Blusenkragen, als ob sie einen Knoten lösen wollte. Sie musste ins Krankenhaus eingeliefert werden.

Die Rentnerin aber konnte der Polizei zwei Hinweise liefern: Der Bankräuber war klein, schlank und wendig, und seine Aussprache hatte eine Besonderheit des norddeutschen Sprachraumes: „Keene Dummheiten" statt „Keine Dummheiten", hatte er geschrien. Ein schwacher Hinweis zwar, der aber, wenn es sich um einen vorbestraften Täter handelt, ausschlaggebend sein kann.

Als Herr Feddersen aus dem Takt kam

Es war schon einige Zeit her, dass Feddersen, ein großer, blonder, gut gekleideter Mittvierziger, Abteilungsleiter der Sparkasse, morgens ganz pünktlich sein Büro betrat und dabei ein Gefühl des Unwohlseins spürte. Nichts Sichtbares, Gott sei Dank.

Er arbeitete immer noch so viel wie möglich und so schnell wie möglich, bestrebt, den Kunden seine Kompetenz im Bereich der Geldanlagen als 'gute Leistung' anzubieten. Für den Direktor bedeutete 'gute Leistung' einwandfreie Regelmäßigkeit. Feddersen übernahm die hohen Ansprüche und wollte sogar die Anforderungen übertreffen: dafür baute er einen Lebensstil auf, in dem der Rhythmus seiner Arbeit auch seine private, kalkulierte Zeit beherrschte und nichts, aber auch gar nichts, dem Zufall und dem freien Ausdruck seiner Gefühlswelt überlassen würde.

So kam es, dass er in seinem Inneren die Unabhängigkeit von der perfekten Anpassung in einer stummen Revolte suchte, ja sogar in Übertretungen, die sich nur auf dem Niveau der Phantasie abspielten und die keiner bemerkte. Wenn er sein Büro pünktlich betrat und die Bemerkung des Pförtners hörte: „Pünktlich wie immer", dachte er „Morgen komme ich aber zu spät, gleich werde ich langsamer arbeiten und mit den Zahlen spielen, ein Muster im Computer herstellen, vielleicht einen Computervirus in Umlauf bringen". Manchmal stellte er sich sogar vor, wie die jungen Mitarbeiterinnen mit lustiger Reizwäsche marschierten oder wie er die Hübschere von ihnen ganz schamlos küsste.

Nach außen hin ordnete er weiter pausenlos seine Papiere, zog an seiner Krawatte, empfing mit gepflegten Formen seine Kunden, denn er hatte Schuldgefühle nach den Übertretungen und bestrafte sich mit einer noch stärkeren Anpassung und Disziplin.

Eine Begegnung riss ihn einmal aus der Welt der Phantasie und brachte ihn mit einer Frau aus Fleisch und Blut in Kontakt. Es war, als er sich Beruhigungsmittel kaufen wollte, um sich besser unter Kontrolle zu halten, und er auf eine wunderschöne Apothekerin stieß. Er verliebte sich Hals über Kopf; es war nicht nur so, dass er an sie dachte, es war vielmehr ein Erdbeben unter dem Boden seines Tagesrhythmus.

An einem Donnerstag sah er diese Traumfrau die Sparkasse betreten und zur Tür des Direktors hin schreiten. Sein Herz blieb stehen.

„Was macht diese Frau hier?", hörte er sich fragen.

„Sie geht zu ihrem Mann", antwortete eine Mitarbeiterin verblüfft.

„Was? Sie ist seine Frau?", donnerte es in seinem Kopf. „Die Frau von diesem kalten, arroganten Roboter, der mir die Nerven ruiniert? Er würde mich stehenden Fußes rauswerfen, wenn er nur wüsste. Und sie, die wunderschöne Lisa würde alles verlassen, um mit mir zu gehen? Mit mir, der alles noch lernen muss? Was mache ich bloß?"

Wie im Trance verließ Feddersen sein Büro um 17 Uhr 30. Er war so dankbar, dass der Pförtner nur sagte: „Pünktlich wie immer, Herr Feddersen?" Um so dankbarer war er später, als er mit dem Busfahrer Willy Nickmann, der ihn von den regelmäßigen Fahrten kannte, nur Allgemeinplätze über das Wetter wechseln musste.

„Schöner Abend heute."

„Soll aber noch regnen."

„Wir haben doch schon eine ganze Menge Regen bekommen."

So konnte er hinter Worten verstecken, was sich in ihm wie ein Tumult anfühlte. Sein Herz klopfte, nicht wie vor 30 Jahren, als er sich verliebt hatte. Jetzt war es eine Störung seines Herzens, eine symbolische Reaktion auf die Unterbrechung seines Rhythmus.

Er stieg aus dem Bus und ging den gewohnten Weg bis zu seinem Haus, Lindenstraße 22. Er war froh, dass die gewohnten Handgriffe, Essen zubereiten, abwaschen, Fernseher anschalten, Fernseher ausmachen ihm eine Entscheidung ersparten.

Der letzte Nachtzug

Fast geräuschlos glitt der letzte Nachtzug aus der Bahnhofshalle. Der Bahnsteig war leer, bis auf einen einzelnen Mann. Er hatte sich eine Zigarette angezündet und starrte dem Zug nach, dessen rote Schlusslichter rasch kleiner wurden.

Er schaute dem letzten Zug nach Köln nach, den er nicht verpasst hätte, wenn er nur eine Minute früher da gewesen wäre. Er, Hans Müller, in einer geordneten leitenden Position in einer Chemiefirma tätig, wollte nach Köln, um die Frau, die er liebte und die ihn nicht mehr liebte, spät in der Nacht zu überraschen. Es sollte ein Versuch sein, eine Wiedergutmachung, seine Phantasielosigkeit, die sie ihm vorwarf, zu widerlegen.

Nun stand er da wie gelähmt: das immer leiser werdende Rollen des Zuges, der Geruch des Nebels, mit dem speziellen Geruch des Bahnhofs gemischt, das blasse Licht auf dem Gleis zwischen zwei Dunkelheiten, gab ihm das wage Schwindelgefühl, in einem Niemandsland zu sein, in dem etwas von ihm verloren ging, seinen Fingern entglitt und mit dem Zug davonrollte.

Irgendwo im Dunkeln dachte er, könnte der Zug vielleicht zurückkommen, um ihn abzuholen: Er starrte auf die große Uhr unter der Überdachung des alten Bahnhofes und wünschte sich verzweifelt, die Zeiger drehten sich zurück. In anderthalb Stunden wäre er bei ihr gewesen. Er hätte sie aus dem tiefen Schlaf geweckt, sie aus dem Erlebnis ihrer Träume geholt und ihr Noch-Nicht-Wachsein erlebt. Ja, in diesen Zustand des Halbbewusstseins wäre er eingedrungen und hätte gespürt, ob er sie ganz auffangen und mit ihr beim Wachwerden neue Anfangskräfte schöpfen konnte. Dadurch wäre eine neue Ordnung entstanden, in der sie ihn nicht nach modernen Kriterien oder Liebesstrategien beurteilt, sondern einfach, ja, angenommen hätte.

„Gundula, ich liebe dich", er fing an, sich einen Brief an sie auszu-
denken, „Gundula, bin ich im Recht, weil ich dich mehr und länger liebe?
Hast du automatisch Unrecht, weil Du mich nicht mehr liebst? Nein, so
liegen Recht und Unrecht in der Liebe nicht. Ich habe kein Anrecht auf
dich, Gundula."

Aus der Tiefe seiner Religiosität kam ihm der Gedanke, dass Christus
nirgendwo von Anrecht auf Liebe gesprochen hatte. Jedoch hatte sich
in ihm das ungeschriebene Gesetz verwirklicht, dass der nicht mehr Ge-
liebte sich verraten fühlt.

Er fror so sehr, dass der nasse Mantel ihm eher Kälte gab als Schutz.
„Gundula, wenn ich es nicht schaffe, ohne dich Gottesliebe zu spüren,
werde ich dann wahnsinnig?"

Solche Gedanken kamen und gingen, gingen und kamen wieder. Was
hatte er falsch gemacht? Wobei hatte er keine Phantasie gezeigt? Beim
Sprechen? In seinen Gebärden? Sie war elegant, brillant, arbeitete in
einer Werbeagentur, hatte einen anderen Rhythmus, andere Lebens-
räume als er.

Er hatte alles verpasst, wie diesen letzten verpassten Zug: eine Me-
tonymie für sein Scheitern.

Plötzlich sah er sich, wie sie ihn gesehen haben konnte: peinlich or-
dentlich, pünktlich und langweilig. Ja, das war er: langweilig, wie sein
schwerer, dunkelgrauer Mantel. Er machte keine Überraschungen,
keine unnötigen Geschenke, keine Anrufe in der Nacht. Die Liebe für
Gundula bewegte sich nicht auf der Welle der Leichtigkeit, sie war eine
tiefe Sehnsucht, wonach, wusste er nicht zu sagen, eine Befreiung, wovon, wofür, wusste er nicht zu sagen.

Heute Nacht jedoch wollte er sie überraschen, er wollte anders sein,
unvernünftig. Aber der Zug war schon weg.

Sein kurzsichtiger Blick starrte in den dunklen Nebel, ohne Zeit-und
Realitätsgefühl. Wie lange?

Hans Müller fing an sich zu bewegen, langsam, wie aus einem dunklen Traum erwachend. Er zündete sich noch eine Zigarette an, und dieses Bisschen Wärme war ihm angenehm vertraut.

Am Horizont schimmerte blass ein bläuliches Licht, dahinter sogar eine Vorstufe von Hellrosa. Die Morgendämmerung. Die Schatten der Nacht lösten sich mit dem neuen Tag auf. Eine neue Dinglichkeit brachte ihn zu einem neuen Realitäts-empfinden. Der Fahrplan sprang ihm in die Augen; Schwarz auf Gelb gab es Züge nach Köln in den ersten Morgenstunden. Fahrgäste kamen an: rollende Koffer, verschlafene Kinder, junge Paare umarmten sich noch in der Halle. Im Bahnhofskiosk war schon Licht, der Geruch der frischen Brötchen erreichte ihn wie ein Versprechen.

Die Selva di Fasano

Wald bedeutete für mich automatisch die Selva di Fasano, den Wald von Fasano. Dem höheren Teil der Kleinstadt Fasano und mir, am Meer geboren in der Hauptstadt Apuliens, kam es nie in den Sinn, dass es andere Wälder geben konnte, höhere, schattigere, grünere und frischere als jenen.

Ende der fünfziger Jahre nahm ich jubelnd die Einladung an, einen Monat im Sommer in dem Landhaus der Familie Cipriani in der Selva di Fasano zu verbringen, um mit Gabriella zu sein: es sollte ein intensiver, unvergesslicher Sommer werden. Gabriella war meine Schulkameradin gewesen, bis wir drei Jahre zuvor das Abitur machten. Danach hatte ich ein Studium angefangen, sie dagegen hatte ihren Weg noch nicht gefunden.

Gabriellas Vater, der Ingenieur, holte mich mit seiner Giulietta ab, und wir fuhren am Meer entlang, auf der Schnellstraße Bari-Brindisi. Er war nicht weniger elegant als sein Wagen, sehr gepflegt in seinem sandfarbenen Sakko; der offene Kragen des weißen Leinenhemdes zeigte seine braune Haut. Schweigsam und höflich, verschlossen und autoritär. Ich hatte ein bisschen Angst vor ihm, aber nur ein bisschen.

Die Straße führte durch kleine Orte am Meer, die kurz hintereinanderkamen: Mola di Bari (Oh, der kleine Hafen!), Polignano a mare, Monopoli. Links der Blick auf das Meer. Ist es ruhig heute? Ja, wie ein Brett. Nein, es ist bewegt. Bewegt... Ein bisschen weißer Schaum, eine kleine Schaumkrone, und schon sagt man im Süden: bewegt.

Rechts, die Weinberge mit jener berühmten Regina-Traube, dick, länglich, süß, die Feigenplantagen und die unendlich weiten Olivenhaine: ein zweites Meer in leichtem Grau-Grün. Das Gold des Südens: der Wein, das Öl und die Zauberkraft des Lichtes.

Ich stellte bewusst keine sachlichen Fragen, denn ich wusste, der Ingenieur war ein großer Kenner der Landwirtschaft und hätte die ganze Autofahrt über die Industrie des Südens gesprochen. Ich wollte aber nichts über die doppelte Bedeutung des Wortes 'Industria' hören: Industrie und Findigkeit. Ich wusste schon längst, dass die Bauern des Südens geschickt und intensiv ihren Anbau betrieben.

Wir fuhren hinauf in die Selva; wir ließen bald das Zentrum von Fasano mit den Villen, den Restaurants und der Circolo-Bar hinter uns und waren dann ganz oben auf der Kieferallee vor dem Landhaus.

Auf der Terrasse saß Donna Giulia auf dem runden Mäuerchen rings um die dicke Eiche und enthülste Dicke Bohnen. Sie stand sofort auf: ein alt gewordenes, großes Mädchen, so sah sie aus, die Haare aus der Stirn gekämmt und mit einem Kämmchen festgehalten, ein kurzer Rock, dessen Reißverschluss spannte, ein Träger des Büstenhalters auf dem Oberarm. „Oh schön, ihr seid da." Wir umarmten uns. Aus der Tiefe des Koffers holte ich zwei zart gebundene Päckchen, die 'Baci Perugina' für Donna Giulia und einen Petticoat, einen echten, für Gabriella. „Schau!", lud ich sie ein, „Das ist echte Spitze. Zieh den Petticoat an, um zu sehen, ob die Länge stimmt. Später werden wir ihn noch stärken."

Gabriella, 177cm groß, schlank, dunkelhaarig, sah in ihrem Petticoat, der ihre braune Knie zeigte, zauberhaft aus. Sie ähnelte Antonella Lualdi und Lucia Bosé, den Schauspielerinnen der Zeit. Donna Giulia kam ins Zimmer, wo wir vor dem alten Standspiegel mit den Spitzen spielten, und setzte sich auf eine Holztruhe. „Ihr habt noch so schöne Beine.", sagte sie, „Ihr dürft noch die Knie zeigen, bei mir dagegen sind überall kleine Hässlichkeiten, blaue Äderchen und so. Ah Mädchen, ich lass euch bis zum Abendessen allein."

Wir wurden gerufen: „Papa ist wieder da. Wir essen gleich." In der großen Küche sah es aus wie bei einem Fest. Der Ingenieur, der auf dem Bauernhof einkaufen war, hatte auf dem Tisch alles aufgestellt: Die runden Formen der Cacioricotta, einer Weichkäsesorte, schwarz von außen, aber schneeweiß von innen, die noch warme Ricotta in den Strohkörbchen, die langen harten Salamiwürste, die dem Messer widerstanden und die auf jeder Scheibe ein rosa Tröpfchen Fett und Peperoncino hinterließen. Kisten voll mit den länglichen Tomaten aus Brindisi, Dutzende pralle, blass-grüne Fenchel, Auberginen wie violette Seide, Korbflaschen mit Rotwein, einem schweren Wein, der schnell in den Kopf stieg.

Er, der Patriarch, blieb distanziert, unberührbar. Er hatte das Essen wie ein Stillleben hingelegt, aber er blieb weit weg mit seinen Gedanken, hörte weder dem Geschwätz der Mädchen noch den Kommentaren seiner Frau zu. Er merkte auch nicht, dass zwischen Donna Giulia und ihrer Tochter eine verteidigende Haltung herrschte. Ihr Einverständnis fand Ausdruck in einer Geheimsprache, die sie mit einer schwindelerregenden Geschwindigkeit beherrschten: sie sprachen die Silben der Wörter von rechts nach links aus. Ich folgte mit Mühe und brach nach drei Worten in schallendes Gelächter aus; der Vater hielt sich von solchen Kindereien zurück, lächelte dezent und schüttelte den Kopf. Vollkommen ungeeignet für solche Purzelbäume der Phonetik ahnte er nicht, wie viele Kommentare ihm entgingen.

Solange wir das Essen vorbereiteten, waren wir fast ausgelassen, aber am Tisch fiel der Vorhang des Schweigens wieder herunter. Am langen Tisch saß er am Kopfende zwischen seiner Frau und Gabriella, ich saß neben Gabriella.

Ich wagte: „Morgen Nachmittag wollen Gabriella und ich im Zentrum spazieren gehen."

Er blickte kurz zu mir und sagte trocken: „Ich werde im Club sein, ihr fahrt mit mir zurück." Er war zu kultiviert, um den beherrschenden Macho des Gutsbesitzers des Südens zu verkörpern, aber er hatte perfiderweise entdeckt, dass die perfekte Höflichkeit Distanz schafft; nach dem Nachtisch entschuldigte er sich und verließ die Küche. Eine Geduldsprobe für mich.

„Der König ist aufgestanden.", bemerkte Donna Giulia, aber wir bleiben noch ein bisschen hier." Ich langte nach den Trauben, die wie Bernstein auf dem Keramikteller lagen.

Ich übernahm mit Donna Giulia das Spülen, auch weil dabei das Plaudern einfach schön war. In dem rechteckigen Becken aus Travertino-

Stein stapelten sich die schweren, bunten Keramikteller, die langen Holzlöffel und die Kupferpfannen. Zum Schrubben wurde ganz sparsam Sand und Schmierseife gebraucht oder nur Zitrone mit Salz. Danach musste alles in den weiß gekälkten Wandschrank eingeräumt werden. Dort fand ich auch die alten Reiben und die Säckchen aus Nesselstoff mit den Hülsenfrüchten, den getrockneten Tomaten, den Kastanien und den Feigen. Kein Etikett, man brauchte nur zu fühlen, und man wusste schon.

Ich ging in den Gemüse- und Obstgarten, lehnte mich gegen das nicht gemörtelte Steinmäuerchen und nahm mir die französische Literatur des 20. Jahrhunderts vor. Die Sonne wurde schnell sehr warm, aber noch nicht heiß, die Zikaden schwiegen noch. Die Vögel, die ja, die sangen um die Wette.

Was ich in mich einatmete, waren die Gerüche: scharf, süß, eindringend. Ich schloss die Augen und versuchte zu raten: der Rucola war scharf, der Fenchel süß, der Origano eindringend und häuslich, das Basilikum leicht...Das Basilikum muss immer frisch sein, sonst verliert sich der Geruch.

Jede Seite, die ich las, wiederholte ich mit geschlossenen Augen, und die Gedanken vermischten sich mit jenen Empfindungen, überschnitten, verloren sich und trafen sich wieder. Die Literatur vermischt mit den Gerüchen der Erde, und schon bildeten sich auch Empfindungen des Genusses auf der Schwelle zwischen Geist und Körper.

Als ich später die 'Hochzeit in Tipasa' von Camus las, musste ich an mein Glück in diesem Garten denken.